迸白

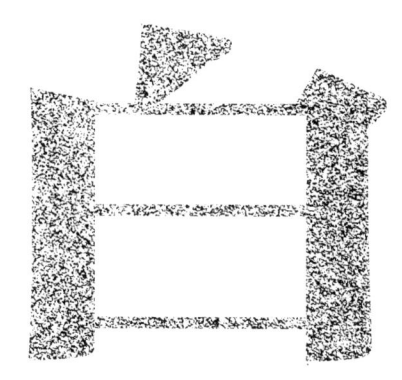

gong ba

刘瑛——著

上海文艺出版社

童年片段藏于偶然小事，
在某个维度以乡音反复述说。

——致故乡及亲人

目 录

碎碎杂记是为序 01

菜园子 06

红薯田 10

竹溪 13

娭毑 19

相亲 21

开张 28

妯娌 34

接细毛毛 42

做媒 50

起新屋 57

名字 63

嗲 嗲　　　　　　　69

时机　　　　　　　71

驳古　　　　　　　77

应变　　　　　　　85

转机　　　　　　　90

舔犊　　　　　　　96

亚夫子　　　　　　101

归去　　　　　　　105

讲白　　　　　　　108

乡村职业人　　　123

郎中桂医生　　　　125

八十医生　　　　　138

平师傅杀猪　　　　145

伙夫陈正道　　　　159

赞土地的科疯子　　183

临 时 工	203
不松泛	207
问诊	218
两公婆吵架	225
表妹的小九九	229
寻短见	239
刘海砍樵	247

闪 回	249

碎碎杂记是为序

一辈子遇到的很多人，静坐时，来了，听到喧嚣，走了，没有理由。而有些人永永远远驻留记忆深深处，每个句子，每一举手投足，都有他们的痕迹。

那些永永远远如影随形的，是亲人，是我的故乡。

偶然读到一首诗，单纯地打印在一张A4纸上，孤零零挂于展厅廊柱，其中几行"我的爱狭隘、偏执，像针尖上的蜂蜜／假如有一天我再不能继续下去／我会只爱我的亲人——这逐渐缩小的过程／耗尽了我的青春和悲悯"，直击乡思。

那份坚决，是我寻遍所有词汇也无法概述的。湖南，株洲，竹溪，谷雨山风来袭。

竹溪乡里所谓讲白（发音 gong ba），有点古意，类同于普通话的讲故事，但所囊括的范围似乎更深广，劳作之余说书、扯闲谈、吹牛皮，都可称讲白，纯属虚构，切勿对号入座。此篇讲白也不全是竹溪的人与事，现实与记忆、梦呓般重叠成文学里的故乡。株洲古属潭州，湘潭方言是她的发音母体，写作时重温熟悉的乡音，这音韵带我梭巡于阡陌老屋、城市厂房。漂泊多年，故园将芜借字而归。

土地最诚实，她有呼吸，包容亿万微小生物。乡音也是，有情义的烟火气，不加修饰，让人自然而然想起家里长辈，生发无限眷念。从故土衍生出来的每个人，带着独属于那片土地的基因，生长到一定时候，有些去意已久之人被未知的远方勾引，像蒲公英一样撑开自己那把小伞，急切地顺着刮过来的第一阵风，匆忙告别故土亲人，踏上旅程。而留在原地的大多数，不是错过了那阵风，就是压根没想过挪窝，考学、招工都不能动摇生长于斯的意念，像祖辈一样一如既往地过下去，将生命板结在故土上，跟山水、田地连在一起，生生不息。

游历过山重水复，其实你一直是故土的那一份子，画布的底色早已打好，后来的增减也无非是添了点什么、删除点什么。

归乡之路不是里程可计量的距离，存在过的人和事，像水一样流逝，倏忽间不见踪影。房屋、学校，熟悉的街道、小巷，几乎一夜间拆除殆尽。那些逛过的市场，停留过的书店，曾经灯影重重的红卫桥、提升街，甚至从前名叫奔龙现在改称神龙的同一座公园，都不复往日样貌。最早的一条老街——徐家桥（发音qi ga jiao），伴随外婆外公消逝在拔地而起的商品楼之间，在虚无的旧照片里若隐若现。樟树坪小学和路边老教堂被新的外墙覆盖，结谷街曾经红火过一阵的服装批发城，随着网购的兴起，人气日衰。老火车站早已被新的巨鲸吞并，现在变身为一座体量庞大的枢纽站，南来北往的人潮涌来涌去，嘈嘈杂杂。

也许，他们本来的面貌原不似这样，浮光掠影只是留守在记忆里的永恒，镜花水月，如真如幻。穿梭时光逆旅，招抚过往的风吹走的每一片绿叶，在秋阳尚浓时分，回看四季轮回中没来得及道别的树木小草，还有故乡山风里奔跑的伙伴、渐行渐远的同学……再也不会有交集，也永不可能再来一场各持己见的争执，而那些画面完美地封存在时空经纬，起念一瞬，它们依然鲜活如昨。我努力试图完整修复久远的记忆，从那里一路走来，像熊瞎子掰玉米一样，掰一路扔一路，现在要从尘封里打捞这一路丢弃的钻石和珍珠，它们仍然困顿在不经意间被轻轻丢弃的来时路上，茫然锁守于记忆长路，熠熠发光。

最后一篇讲白中出场的冯医生，也许是勾连出另一个故乡系列的缘起。在那个纬度中，有栖身于小三线的上海人，有601厂区的林林总总。等酝酿发酵到香气自然升腾之日，就会浮出脑海，那时，只须敲击键盘，于文字的跳闪间重生。

讲白之前，沏壶好茶。讲白的人喝上一口浓茶，后面的事情才会源源不断。

菜园子

夏天午后，坐在老宅后屋门槛上，面对整个菜园子，你会感受到来自那个世界的所有悸动。

一块苎麻地、一块茄子地，还有辣椒、毛豆子、一蓬又一蓬的空心菜、红苋菜……豇豆长长懒懒的垂挂在棚架上，苦瓜、冬瓜在更粗壮些的毛竹架上悬吊着，随着阵阵微风晃动。太阳热辣辣地吻舔每棵蔬菜。借着房屋的阴影，苎麻得意洋洋摇着细直的腰身，向坡上那片红薯田招呼。因为果实是长在地里的，红薯们像那些刚刚怀孕的媳妇，藤蔓不显山水低调地趴在地上，了无遮拦任由太阳烫晒。这时节，红薯叶只是一个劲儿疯长，见缝插针到处蔓延，固执地霸占每一寸领地，不让野草有机会插足。

茄子有两种颜色，一种是紫的一种是绿的，她们会时不时跟躺在地上晒太阳长肉的南瓜打情骂俏。茄子和南瓜经常就水的问题起个争执，暗地里使劲儿把各自的根深深地往土里伸长。而大多情况下，她们的争执始于对彼此身材的讨论。南瓜认为胖有胖的好，而且能一直躺着真是太好不过，晚上睡觉也踏实。她觉得自己是优越于红薯的，开花结果都是明明白白地摆在地面上，红薯算怎么回事？也不见花也不见果的，悄无声息不知搞些什么名堂。

紫茄子虽然跟绿茄子是一对姐妹，但她觉得绿茄子跟那些绿叶菜一点区别也没有，太容易混为一谈，而满菜园子就数她紫茄子最好看。红辣椒虽说颜色抢眼，但浑身上下透着股粗野的泼辣劲儿，怎么看都觉着少了点什么。青辣椒那就谈也不要谈了，摘下来也只配在嬷驰（祖母）那里打个下手，帮衬那些肉类增添点辣味；遇到嬷驰心情好，把青椒做成加了豆豉的虎皮辣椒，他这才成了一道有自己名字的菜，神气活现地盛放在碗里。

一条细长的溪流从菜园子旁边流过，志远叔叔和菊泉婶婶每天傍晚时分浇菜园子，叔叔用长柄木勺从溪塘里舀水上来，临近溪水的菜地可就占便宜了，晒了一下午，土块都干得裂出一条条缝，一勺水泼洒过来，地面冒起一小股尘烟，水沾到土上瞬间蒸发。晒蔫的蔬菜们拼命喝水，过了好一阵子，菜叶们才慢慢缓过神一点点舒展开来，精疲力尽的耷拉下去的菜花也再次支棱起来。

坡上的红薯地总是最后才轮到浇水，浇了大半个菜园，叔叔已经有点累了，他将木桶扔进溪水打满，一担担挑上坡，这时也没耐心用长柄勺细致地浇灌了，就直接将桶里的水往地里倒。红薯开开心心大口喝水，心里感激得什么似的，地底下的果实被透过干裂泥土渗下来的溪水这么一泡，醒过神来，鼓了鼓肚皮。

菊泉婶婶摘了几只紫茄子、一把青辣椒、十几根长豇豆，掂量掂量冬瓜和南瓜，冬瓜身上的一层白霜比昨天少点了，这该是长熟了，就用割禾刀在藤上轻轻一划，一只肚壮腰肥的冬瓜就与密密麻麻的藤棚分了家。隔壁棚架上的苦瓜心里一紧，眼睁睁看着胖冬瓜稳稳躺进婶婶的臂弯。婶婶把摘下的菜挨个到溪水里清洗干净，然后一只手抱冬瓜，另一只手提着满满的菜篮，心满意足往灶屋走。不一刻工夫，炊烟从灶屋升起，茄子辣椒冬瓜豇豆轮流在大铁锅里跳舞，一阵一阵馋人的香气飘散出来，把整个村子传染得饥肠辘辘。

菜园子似乎总也看不够，这大半天的辰光，海海把每块菜地的心事都了解透了，他的眼睛从菜园子收回，起身帮娭毑搬凳子，张罗碗筷。堂屋外台阶那边有一点点从牌楼钻来的穿堂风吹送过来，一家人集中拢，开始吃晚饭。

太阳一头扎进村子西面的大水坝里，天色一瞬间就暗下了。

红薯田

坡上的红薯田总是爬满红薯叶，娭毑每天清早会来清理杂草。红薯田的草比较少，红薯虽然温顺，但是态度也非常坚决，不能容忍野草在自己的领地生长。

不晓得他们用了什么办法，野草很难在他们的地盘上落脚，只有少许的小毛草和马齿苋籽藏在麻雀的羽毛里，被它们不知从什么地方携带过来，草籽只要散落进红薯田，只需沾一个晚上的露水就能发芽长出来。马齿苋是可以做凉拌菜的，娭毑便抬手放过随它们长，只是拔去几根抢养分的小毛草，毛草根浅浅地一拔就起来。红薯们懂得娭毑的用意，也对马齿苋睁只眼闭只眼懒得理会，任由她一天天长壮实。

红薯的果实藏得深，麻雀喜鹊们天天叽叽喳喳从红薯田上面飞过，可能会去啄食旁边地里的茄子，还会在豇豆那边发现很多汁肥肉厚的菜虫，可就是不会打扰红薯。马齿苋最早晓得红薯的秘密，她的根在地里探寻水汽，伸着伸着就会触到一个结实的疙瘩，凉凉的不像石头那么硬，每天都增大一点点。红薯叶在地面上唱歌的时候，马齿苋就明白了，地下在增大的那些结实疙瘩正是红薯们的果实。真灵泛（聪明）啊，不显山不露水，躲过那些天上飞的地上爬的，等到夏天过完，他们就完好无损地成熟了。

红薯叶那时还只是猪的饲料，地下的果实都被挖出来后，红薯叶便像是被脱下的衣服，扔得满田满地，借着点地气，开头几天还能强撑着保持枝叶繁茂，两天下来，就奄奄一息没了精气神，先是叶子脱水暗淡下来，接着梗茎软塌塌委顿。坡上泥土裸露，红薯田顿时栖栖惶惶。

娭毑用大竹耙子把红薯叶搂到一起，每次抱一大捆进堂屋。晚饭后，厨房收拾停当，嬺驰就在灯下用铡刀细细地铡红薯藤。干枯的叶梗被铡断时迸出老远，嬺驰只是一门心思铡着。第二天天不亮，嬺驰就会起床煮猪潲，把铡好的红薯藤拌上米糠，一同放在大锅里加水煮，水烧开后还得拿一柄长把的木勺不停地搅一搅，直到红薯藤和米糠煮成糊，才能装进潲桶，提到猪栏去。

后来，红薯田被嗲嗲（祖父）全部铲掉，那时候他可能知道自己不久于世了，他为自己清理出一个好地方，当他离开人世的时候，他仍要睡在家的旁边。

再后来，嬺驰走了，然后是志远叔叔。他们都睡进了从前的红薯田。

竹溪

竹溪，一条贯穿整个村庄的溪流，全程约两公里，细长绵延柔和。谁也不晓得她源头的准确位置，也许前冲湾深山厚厚积叶下藏了一泓泉眼，也许是江河水一条极细的分支，不知从什么地方逃逸出来，选在这座靠近湘潭的小村庄落了脚，认认真真地行使起溪流的义务，看管起村庄的每一丘稻田。

听祖辈讲白，鲧禹治水的时候，各部落首领献上自己管域内的河图，大江大河有各自的使命，这自然是不在话下。禹经过十几年辛苦疏浚，九州版图永久奠定，禹也成为万民景仰的大禹王，九州水系的成形跟禹王有关，禹王万世都活在每一滴水里。

这条涓细的竹溪当然跟大禹王扯不上关系，但是这村里有一户人家，秉承尧帝后裔刘累血脉，奉这位尧之裔孙为家族始祖。涓涓细流一般的血缘，历尽几世几代的奔涌，到如今，就同这如丝如缕的竹溪水，大江大河的猛浪早已荡无痕迹，只留这潺潺轻吟。因这大姓的宏阔，家族历代皆出有志的读书人，喜欢修宗祠修族谱，以示不忘先人不忘来路。修谱是一项严肃庄重的工程，盘根错节，头绪繁多，经数代人修编下来，形如巨伞，脉络清晰。

九州的大江大河奠基于禹王，大河涨水小河满，溪水便是江河的末梢神经。江河的动静大，小溪的动静小。一家一户也是这个道理，祖上的功业经过几世几代被传承，尤其那些彪炳家史的事迹，在家族中口口相传，对后代都是一种激励，耕读皆不敢偏废。游丝般的竹溪虽无惊天伟绩，却承载小村稻粱草民的喜忧，格外亲切。

话说群丰竹溪这一脉来自梅号大祠堂，据族谱记载，大祠堂高祖是辗转从沛县到江西再到茶陵，族群繁衍星罗棋布，蔚为壮观。炳奎先生的父亲，乡人皆称其德祖公，此公头脑灵活，做生意赚了些银钱，请风水先生相帮看地，打算为独子成家立业奠基。德祖公跟着堪舆先生走遍群丰各地，当堪舆先生的罗盘停在竹溪这块宅地时，德祖公心里其实就有了主意。竹溪村这户殷实富农的院落前，几多好的一条溪水呀，青绿绿地奔涌而过，流经后园子的菜地，逐渐宽大深邃，水流汇聚出一片开阔的停顿，蓄积出小而丰沛的水塘，映着道旁稻穗青草，别有一种欣欣向荣的味道。

堪舆先生用罗盘在东南西北四方测了，又掐指算算，点头认可。德祖公心里石头落地，连说好好好。这宅地的原主人也是因为发达了要搬迁到别处，多出来的这老宅，主人托了有信用的中人，中人推介德祖公前来相看，没想到一看便正中下怀。

老宅的布局比较精巧，一个拱门牌坊连着一大一小两座厢房，穿过牌坊是一进宽敞四合院。青石板小桥跨溪而设，最先经过的东厢房，原主人也许用来畜养猪牛羊，顶棚很是高大。富农勤俭本分家境殷实，有许多的耕地，牛群出栏奔向各块田地，傍晚收工进栏也方便。牌坊边的西厢房兼做积谷屋并摆放工具，农忙时节还能做雇农的起居室。春天涨水的时候，竹溪奔涌激越，把小小水床涨得满满的，哗哗水流撞击溪石溅上青石板桥，从田里归来的黄牛在石板桥上立定，雇农打一桶水，从上到下把累了一天的泥牛冲刷一遍，老黄牛抖抖身子，掸落水珠，神清气爽地回到栏里，边咀嚼干草边迷迷糊糊睡着，第二天又有无穷的精力载犁耕田。

靠东厢房的小池塘是溪水渗透过去蓄积起来的，也是一池活水，利用地势，竹溪水在这里打了一个转身，有些小鱼小虾也就此停留下来，在池塘里繁衍生息。

夏天，水塘表面会有一层密密的蜉蝣，这种借水而生的小物，成虫前要在水里活一至三年，成虫后不食不饮只有一天的生命。它是最原始的长翅膀的昆虫，体软头小，短暂的一生用朝生暮死概括，奉献给池塘的却是最为绚丽的振翅飞翔。《诗经·国风》有云："蜉蝣之羽，衣裳楚楚；蜉蝣之翼，采采衣服；蜉蝣掘阅，麻衣如雪。"小池塘是蜉蝣的人间天国。

竹溪在德祖公家的新居东向小作盘桓，又顺流往西。积谷仓后的菜园里也有一口小小深井，这是人工掏挖出来的，一块菜地有意把溪水与井水分隔开来。深井的净水供一家人饮用，小溪流隔着菜地上的瓜豆篱墙，以奔突的声响向小深井发出几声问候，继续向西。这一路细细却强劲的水流，绕过了村庄一大片平原，从前冲湾、四苑坡、晏家湾各路又汇聚起几条水脉，最后在队里新修的大水库集合。

炳奎天生读书人气质，自小就有一种静气，因为是独子，家人希望他长寿多福，取个小名叫八十。在从前，人生七十古来稀，八十就是高寿的象征。竹溪这方宅地真像是为炳奎量身建造的，毛竹在宅后郁郁葱葱，宅前是一望无际的田园，前后左右并无邻居，一条竹溪把辛劳农耕隔阻在不远处，屋内却能清晰地看见阡陌，看见农人和老牛从宅前悠闲走过。

八十跟随父亲选宅地，唯对此依山傍水的所在暗暗叫好，心中生出一幅画面：将来要在竹林下摆一茶桌，边喝着新茶边翻上一卷三国，那是何等开心的美事。八十此时正读罗贯中的《三国演义》在起劲处，写过《隆中对》这样千古文章的卧龙先生诸葛孔明，大概就是居住在这么一个有树木有园子有溪水的地方吧。

而德祖公脑海翻腾的则是远景，有山有水有田，子孙环绕，足矣。父子俩不约而同相中竹溪这片宅地。

娱

驰

海海的姨驰,嫁过来之后竹溪的人都喊她八十婶。

八十婶十五岁就成了炳奎的媳妇,她大炳奎一岁。出嫁之前,娘跟她交代一些体己私密话,娘说你要去的这户人家家境好,有田有屋,做一点小生意,就只炳奎一个儿子,小名八十。家里花了本钱栽培,进私塾、学医,除了体力活这样的笨本事,什么都学,如果将来还有科举考试,考个举人秀才可能都不在话下。几个姑子大的两个嫁人了,小姑子早晚也是要嫁人的,这个家总有一天你说了算。德祖公这样的人家肯娶我们小户人家的女子人,也是看中俺屋里家世清白,你嫁过去就要有当家人的样子,要吃得起亏放得起让,要尊重公婆,要勤快,要跟姑子们相处好,随什么方面都不能让婆家人有闲话可说。

小姑娘点头,娘的话记了一辈子。

相亲

海海第一眼见到的娭毑,已经是个一脚踏在中老年分界线上的妇女。四十八九岁朝上的女子人,在那个时候都会主动把自己归入老太太行列,一般都已经有外孙或孙子。海海只知道每个家庭都有一到两个像娭毑或者外婆那样的老太太,他想不到的是,娭毑也是从他这样的细人子(小孩子)一点点长大的。

八十婶出生的地方叫雷打石,跟很多农村一样,叫这样古怪的地名一定跟某场自然灾祸或村里某场大事件有关。不管是在叫雷打石或是叫野猪冲的什么乡村，人们想也不会想到要把自家的小姑娘送进学堂，所有关于女人的知识要么来自于小姑娘的姆妈或外婆，要么来自村里女子人遮遮掩掩的说笑。平时村人的打趣逗笑内容都基本绕不开男女之事，情窦初开的孩子听得多了也慢慢会了意，而正经关于男人的事，要等到小姑娘出嫁前的某个晚上，由姆妈或娭毑关起门单独聊，神神道道的，搞得气氛很紧张，家里的男子人则不会吐露半句；而所有关于与他人相处的知识，除了来自于爹娘，就得靠小姑娘自己在漫长一生中通过不停地碰钉子，去慢慢回味琢磨了。

　　八十婶刚被迎娶进八十家时，八十的大姐二姐已经嫁到长沙和湘潭去了，都嫁了不错的人家。在梅号这边的宗族祠堂，族人为新婚小夫妇举行了隆重的拜堂仪式，因为年纪尚小，正式圆房要等到十八岁，新媳妇被安排先跟小姑子住一起。小姑子雪姑娘比新嫂子年长一点，已经说好四兜坡那边的一户人家，等入秋后晚稻收割好就要嫁过去了。八十的爷老倌德祖公生意做得不错，他早动了自立门户的念头，等儿子娶完媳妇，他便花上一笔银子在梅号北边的竹溪盘下一处富农家的房产，带着一家人从梅号搬迁到竹溪。

竹溪的房子很是宽裕，大门口有栋单独的牛栏屋，门房处有三间柴火房，原来那户人家可能是让雇工住着。八十家人口少，也没有多余的闲钱雇佣人，三间房就做了积谷仓并堆放些农具杂物。带拱廊的牌坊大门很有气势，模仿戏文中文官下轿、武将下马的意思，拱门的雕花刻的是一些五子登科、鱼跃龙门的场面。牌坊门廊进来是一处宽大的院子，当中被夯成了整块的大坪，稻子收割的时候，可以架起风车和打谷机，打稻扬穗晒谷都能在大坪里完成。环抱着大坪是连成一体的环型屋场，主堂屋面南背北，东西两间耳房。朝东又有一间横堂屋，南北也各带一间房，南边的是主卧室，茅房设在主卧室的后面，干燥又通风。横堂屋北边是厨房，厨房后门朝西，后院是一片绿意盈盈的菜园子。竹溪从门前经过，一路向西，俨然成为整个住宅的护宅小河。主人便借着这脉清澈的溪水，在牛栏边和红薯坡各挖下一大一小一深一浅两口池塘，把小溪的水引进去。浅浅的方塘日久便滋生出水草，鱼和虾还有青蛙和蜉蝣也纷纷迁居进来。深深的小塘方位有地下泉眼，竹溪打此路过也会渗入清澈的活水。一前一后这两口池塘把竹溪住宅点缀得水润灵动，池塘边的桃树梨树橘树得了滋养，开得很是欢畅，满园的蔬菜满坡的红薯田也煞是喜人。

八十姆在搬来新家的头一天就手脚不停地忙碌起来，帮婆婆把从梅号运来的物事归位，忙来忙去的空隙，把这个新家前院后院来来回回看了个遍，对两口池塘更是喜不自胜。前院的池塘可以浆洗衣物，后院池塘较深当饮用水再好不过，园子边的溪水也能洗洗涮涮浇菜园，用水这么顺手方便，对于一个乡村主妇真是天赐福音。

八十这时刚被推荐进私塾当教书先生，白天要去学堂授课。八十姆和雪姑娘跟在婆婆后面做家务，婆婆端着家主婆的架子，干净利落很有分寸，年龄相仿的八十姆和雪姑娘自然话就多起来，处得像是亲姐妹一般。雪姑娘对自己要嫁的那个男子人一点也不了解，两人甚至都没正面接触过，只是被媒婆拉着远远瞟过一眼。两家大人是正式见过并互相交换过儿女生辰八字的，媒婆说八字很合，将来雪姑娘会给这户人家添男丁。

雪姑娘悄悄跟嫂子说，那个男子人个子倒是蛮高，就是有点木墩墩的，不爱讲话。小姑子描绘自己未来的男子人，又是害羞又是不安，总觉得外面千般总不如娘家好。八十妍一时不知道怎么安抚，想到自己跟八十订婚的时候，媒婆带着八十父子一起上门来求亲，她和娘躲在后屋听消息，心里也是十五只吊桶打水七上八下。乡里人说女子人嫁男子人是第二次投胎，投中什么人家都要靠运气。

德祖公是个极爱热闹喜交朋友的人，他放出风说自己家要收媳妇，朋友三四都来给他介绍人家，德祖公一律乐呵呵听着，私下权衡比较一番，借着做生意把县里十乡八镇都走个遍，还暗中下工夫考察过几家。有的人家条件确实不错，但是姑娘生得娇气，将来哪能担得起生儿育女操持家务的担子？有的人家姑娘真是百里挑一，可是弟妹七八个，家里显出一副残缺不齐的贫困样貌，这后面得有多少接济想都不敢想。比较来比较去的，雷打石这户罗姓人家就成为最佳人选，夫妻俩膝下统共一儿一女，而且还是龙凤胎，屋里女子人身子虽单薄些但为人温良勤快，姑娘秀气儿子周正，帮扶着爹娘操持家务，脾气柔和忍让，邻里乡亲评价都很高。

这个姑娘话不多，会见事做事，最吃得起亏，从来不起高腔，对大人子尊重呢。这是德祖公听得最多的点评。于是借着收购家养鸡蛋，去姑娘家的院前院后观察了一番，发现庄稼菜园均收拾得有条理，屋里虽说没什么像样家具摆件，倒也洁净体面，于是心里像吃了秤砣一样，认定下这门亲事。

德祖公回头跟中间介绍人一说，这保媒的喜得什么似的去罗家游说，眉飞色舞描绘梅号的某某为人仗义脑子活络，家里独生子如何如何有才学，几个姑娘嫁的也都是本分人，这人家如何如何富裕良善，罗家大人听了自然也是中了头彩一样高兴得不得了。于是两家请风水先生择了吉日，德祖公亲自带儿子三媒六证一样不少登门求亲。

八十婶觉得自己的命都是承蒙老天保佑。八十性格温和，天生一副读书人的样子，半点没有庄户人家的陋习，待人接物周到有礼，起早贪黑除了看手里的书就是临书房里的帖子。公公婆婆明里也讲了，这个儿子将来是要去外面谋个一官半职的，农活一律不让他沾手。八十心地好，等罗家女儿进了门，经常借口说读书累了要出来活动活动，其实是存心给自己的新媳妇帮忙，给菜园子浇水除草啊，在堂屋和坪院里扫尘土啊，抢着做不少事。八十妦担心让公婆知道怪罪，是千不肯万不肯让八十插手。小夫妻这样抢来让去的，很有点举案齐眉的意思。婆婆心里高兴，只装作看不见，任他们二人在那里客气。八十妦心想自己上辈子莫非做了不少善事，修来这么个称心如意的男子人。只是回娘家一趟太难了，竹溪这边毕竟一大家子，有做不完的事。八十妦没法子回娘家跟娘还有邻居的那些姑娘嫂子去分享显摆，就把这个称心放在肚子里让它发酵。心情舒畅了，外貌自然一天天长得舒展开来，身子也越来越结实挺拔，很有点小媳妇的利索样子了。

开张

雪姑娘出嫁前送了八十婶一个礼物，不是一件具体的物件，而是教她学会做一道汤，还给这道汤取了个名字叫米浆葱花汤。

米浆其实是蒸饭的附属品，先把米淘干净放在大锅里煮，等水开了，用笠箕将锅里半生不熟的米捞上来，放进隔水的蒸锅继续蒸。锅里的米浆已经煮得浓稠，倒了怪可惜，雪姑娘用大碗盛出来，让它凉在案台上，渴了当茶水喝。据雪姑娘说，有天家里大人都出去赶集没回来，她一个人在家懒得炒菜，就把晾在案上的米浆舀了一小碗放进锅里，切了点葱花，等烧开了，把葱花撒进米浆，再放点猪油放点盐，小火烧一会儿，米浆"突突突"地冒着气泡，等闻到葱香，熄了火盛出米浆，尝试着抿了一小口，啊呀那个香！雪姑娘细致地讲解描绘，为加重效果吧唧有声，把听的人口水都勾了出来。

　　雪姑娘在娘家待嫁的这段日子也是八十姉最最开心的日子，妯娌俩白天忙完家里的事忙菜园的事，晚上收拾打扫完，睡前做点针线活，然后双双捂在被子里讲体己话，连男子人也不能听的话。一家人是春天从梅号搬来的，农忙时节雇了几个帮工播种犁田、施肥翻土。德祖公忙外面的生意，八十专心务他的功课，三个女子人则围着灶台忙一大家子的饭，忙猪牛鸡鸭，没有停歇的时候。经过一个夏天，稻苗抽穗，田野里如同有个画匠手拿色笔不分昼夜地晕染，稻田一层层地由浅绿变深绿再褪下绿衣换上金黄的外套，几乎是一转眼间就到了秋后。雪姑娘的四床四盖、四季换洗衣裤，在婆媳妯娌们忙碌说笑的日子里完了工。正式出嫁之前，八十姉和雪姑娘互相握着手红了眼睛，倒说不出什么了。八十姉暗暗祈求神灵，也赏个炳奎这样的男子人给雪姑娘。

从前的人结婚都早，十四五岁嫁人是常有的事，这也有个好处，两个懵懵懂懂的小儿女，慢慢成熟慢慢懂事，等到十八岁成人正式圆房，小夫妻就开始以一年到两年一个的速度生儿育女。八十婶头胎怀的是个男孩，可还没等到生下来就没了心跳。雷打石娘家那边，娘因为多年的毛病，没等做上外婆就去世了。这一老一小两个亲人的离去，把八十婶打得蔫下来，滴水不进，只是躺在床上哭。

婆婆一边陪着抹眼泪，一边安慰媳妇。第一茬的秧苑挂不住瓜，后面把土培实了，多施肥多接阳气，自然会有好收成。你娘那边我们请和尚去办了超度，和尚说一切圆满，亲家母已经做神仙去了。你现在只要一门心思朝后面想，把身子恢复起来才是正事。八十婶哭一阵想一阵，为自己那没出世的儿又为辛苦了一辈子的娘，这两个人此时是不是在那边会合了，要真是这样倒好，还算有个伴。想着等身子恢复得好一点，无论怎样都是要到娘坟前哭一场的，做一回母女，虽说没享过多少福，可爹娘也是尽好的供养他们姐弟，没让吃过苦。零零碎碎想起从前在娘家做女儿时的一些事情，眼泪没有断过。八十又进来劝了一会儿，八十婶对着眼前这唯一关系最亲的人，感觉到了一点安慰。

八十的老中医师傅说，炳奎有能力独当一面开业了，催他去考了执业牌照。听老中医说八十已经可以出师看诊了，德祖公马上动起了那栋独立的牛栏屋的念头，田亩没有从前那户人家多，也用不了许多耕牛，积谷屋边搭个小牛棚就够用了。请泥瓦匠重新修缮，牛栏屋改造成了专门的中药房，特意请了老中医来坐镇，先带带八十，又请有名的药剂师来配药。

雪姑娘一年回娘家两三次，来了就只管帮娘和弟媳做事。雪姑娘说自己嫁的男子人是个老实坨子（老实人），话少，但还是很听她的。小姑子的语气听上去不是那么如愿，八十婶就劝解雪姑娘，男子人只要老实肯听话，比那些没有专长又喝酒闹事的强多了，等生了细伢子，日子走上正轨，眼界也宽了，话自然也会多起来，这都不用担心。雪姑娘想想也在理，兴兴头头继续回去过日子。

八十生性沉稳安静，德祖公心里有数，这个儿子不适合跟着他跑江湖做生意，要么等过两年正经帮他谋个职位，要么就做个乡间的名医也很不错。八十学业完成后实际得了两份职业，一份是私塾先生推荐的，私塾先生亚夫子自觉老了，再也没精力教学，同时也是爱惜炳奎，就力推学生接了自己的班。

德祖公原打算把儿子送到县里，通过他拜把子的义兄弟荐进衙门先谋个师爷之类的职务见习一下。亚夫子听了又是摆手又是摇头，时局已经不是当初的那个时局了，现在是武夫的天下，枪杆子说话硬气，做个文官没有什么前途呢。让他守在你身边吧，你还看得见这个儿子，真要放出去了，你什么都插不上手，到时候喊天天不应，你又能怎么办？

德祖公就听了亚夫子的劝，寻思等过阵子再去外面看看有没有机会。在老中医的帮扶下，四乡八邻间慢慢听说了竹溪的这间诊所，头疼脑热的乡人，甚至就近那些想调理身子的富贵乡绅也都来问诊寻药，诊所的人气就上来了。

私塾开在前村一个大户人家的祠堂里，学生主要是有钱乡绅的子弟，也有少数有心上进的富农家的孩子。八十接了私塾先生亚夫子的班之后，从三、百、千开蒙，就是先教《三字经》《百家姓》《千字文》或《千家诗》，然后讲解《论语》《孟子》之类的经学，到格物致知一路教下去，中途有学生学不进也会提出退学，但凡留下的，在八十的课上都听得津津有味。

德祖公最为开心的是，八十不仅常常收到学生的束脩六礼：肉干、芹菜、龙眼干、莲子、红枣、红豆，还有看诊开方所得的礼金，这时德祖公还当着家，腰里别着一串大大小小的钥匙，八十看诊所得礼金交给爷老倌锁进大柜，至于私塾的束脩礼，婆婆会拿一部分应付家族里的人情南北，再有富余就交由八十媳妇处理，也有锻炼儿媳持家能力的意思。八十婶初尝了当家滋味，很是自豪，可惜这些娘已经都看不见了。自从弟弟成家后，八十婶很少回去探望，如同锦衣夜行，这份当家的骄傲又只能放进肚子里，无人分享。

妯娌

竹溪诊所顺风顺水，孩子们也接二连三来到世上。外面时局越来越动荡，拉洋片一般轮番上演改朝换代的把戏，时而还有穿不同战服的士兵打过来打过去。乡绅们喜欢跟年轻的私塾先生谈国事，八十的见解很是让乡绅们惊讶，前朝后代的事都让他分析得头头是道，几个有威望的长者私下一商量，准备推举炳奎到更大的舞台上当他们的代言人。

也到底是因为读书多，八十看出了世事的不确定，觉得仕途并不是他该考虑的，就全心全意打算做一名乡野郎中。不管怎么乱，人总是要吃饭要生病吧，生了病，再大的官再有钱的人，总是要找医生治吧。逻辑简单，大道至简。炳奎先生只差羽扇纶巾，否则真跟当年固守隆中的诸葛先生有得一比，乡绅们搬了县里的某个人物来说请，炳奎也只是微笑摇头。八十婶很是不理解，但是她谨记娘的话，嫁鸡随鸡嫁狗随狗，自家男子人说什么都是对的。

战争离乱，读书自然就成了多余，私塾里也渐渐少了学生，有时候就是纯粹教教蒙童识识字，八十觉得没有太大意思，于是辞了私塾的差，只专心在诊所给人看病。公公婆婆随了儿子的兴，八十婶也很是开心。

教八十医技的师傅是有名的老中医，治妇科最拿手，他亲自帮八十的堂客号脉开方，经过细心调理，八十婶恢复了精气神，又配膏方调养了年多。立冬后，家里传出喜讯，八十婶又有身孕了。老中医把过脉说这胎很可能还是个男孩，胎气很稳。一家人又是高兴又是担心，有了上一次的经验，婆婆无论如何都不肯再让媳妇干重活，出钱在村里找了两个能干的媳妇姑娘来帮忙。婆婆知道雪姑娘跟弟媳妇关系好，打发人捎话给四兜坡的亲家，让雪姑娘回来帮忙搭手。雪姑娘嫁过去还一直没有怀上细毛毛，婆家有点闲碎话时不时地拿出来嚼一嚼，雪姑娘郁闷极了，正想回娘家透透气。

雪姑娘的婆家是老实农户，听说亲家的媳妇怀上了毛毛，要接自家姑娘回去伺候，心里虽说不情愿，嘴上还是客气，笑眯眯地同意了，当天随了儿子一起亲自把雪姑娘送回娘家。

他亲家母，就让雪姑娘在家多待些时候，也沾沾她老弟嫂的喜气，说不定明日也能怀个小子。雪姑娘的婆婆尽挑客气的说，婆婆只不好作声，心想，你们家就晓得要雪姑娘卖苦力，有什么好东西都尽了儿子来，也不看我们家对媳妇多体贴。

谢谢亲家母，她老弟嫂上次不小心，细毛毛没有留下来，这也怪我们做大人子的不够好，没有把别人家的闺女当自己的闺女善待。她是来给我们家添丁的，是接续香火的大功臣，我们应该当菩萨一样供着呢。婆婆明里做着自我批评，其实是拿话堵亲家的嘴。

亲家母打着哈哈，听出了婆婆话里有话，连忙转了话题，听说炳奎也开始看诊了，他师傅还是有名的老医生，治妇科有祖传的秘方，亲家你看几时也让老医生给雪姑娘号号脉好不？

眼看说话都要捅破面子了，婆婆脸上就有点不大好看了，声音也沉下来。在家里做姑娘的时候，她们要是来身上了，我是绝对不肯让她们下冷水。我们虽说不是什么大户千金小姐，但是对三个姑娘也是一视同仁，有好吃的好玩的人人有份，四季衣被从来没少过她们的，这做女子人的最要紧就是心情要好，心里松泛了，身体也自然壮实。你看，我们家大姑娘二姑娘，嫁的嫁长沙嫁的嫁湘潭，圆房以后都有了喜。雪姑娘从娘家出去的时候身体比她两个姐姐还好呢，她又是满姑娘，我们也是看得娇气了一点。亲家呀，还有，尤其是发根你也听着，不是岳母要怪罪你，以后家里有什么重活累活呢，你男子人多担待点也让你堂客稍微休息休息，尤其是来了身上，千万不要再让她下冷水，拜托拜托切记切记啊。

经德祖婆连珠炮样这么一通说，亲家母红了脸不作声。发根果然是个老实人，岳母的说教他听了也不点头也不反驳，木墩墩的脸上挂着点笑，眼睛直愣愣盯着地上。亲家母答不上腔赶紧捧了茶喝，滚烫的茶水还没沾到嘴，烫人的水雾就让她打消了喝水的念头，拿眼睛向儿子示意，母子俩借口家里有事起身告辞。德祖婆把早已准备好的一袋红薯和一海碗咸鸭蛋让发根带回去，说都是自家的土货，也不值什么钱。亲家母客气一番，笑着收了东西回去了。

晚上德祖婆问雪姑娘，她男子人对她怎么样，雪姑娘就叹气，好是好，就是没得什么话讲，白天下地出工，晚上碗筷一丢就困觉去了，也不管闲事也没得什么交流。

不是我背后数落你，今天你婆婆讲的那些话已经有点埋怨的意思了。当初算命先生讲你能给他们家添丁，他们高兴得像是得了宝。过门那么久还没有动静，搞得好像是我们娘家的联合起来在欺骗他们似的。嫁汉嫁汉穿衣吃饭，哪来那么多的交流，这都是娘家把你给惯适的。你呀，平时手脚勤快点，等正经把细毛毛怀上，有了细伢子，自然就有了交流。德祖婆又是心疼女儿又是替老实女婿说话。

八十婶看得出雪姑娘一肚子委屈，趁婆婆不在，拉了小姑子到卧室里悄悄讲私密话，竟把雪姑娘逗得又是点头又是哈哈大笑，心想，有这样的老弟嫂真是福气。小姑子年龄虽比老弟嫂大两岁，在许多事情上，这个弟媳妇比她有心多了，反过来倒像是位经验丰富的嫂子，给了她许多有用的启示。

德祖婆请老中医给雪姑娘号脉，开了两副妇科偏方，就着她在娘家帮扶的个把月，以当归、益母草、鸡蛋为主组方调理，每周煎两到三次药汁再配上鸡蛋让雪姑娘吃下去，一个月连续不间断。大肚婆吃药喝汤，小姑子也凑热闹吃偏方，雪姑娘笑说，倒像是她回娘家坐月子了。

老中医给八十婶号脉，说是要以清热安胎为主，以黄芩配芍药、甘草、大枣煎汤。婆婆督促两个请来的媳妇姑娘煎药熬汤，整个院子里萦绕一股浓浓的药香，打老远都能闻到。虽然已经入冬，田间还有些勤快的农人在沤肥垩土，顺便上门讨口茶喝再抽上一袋烟，闲聊间得知屋里女子人有喜了，纷纷给家主婆道贺。都是好听的吉利话，什么将来竹溪村里可能要出道台啰，什么光耀门楣啰，德祖婆听了笑得合不拢嘴。

八十婶反是越听越有心事，担心这次要是又搞砸，那可真是要丢脸了，于是眉头就紧锁起来。正好雪姑娘听到，她一下来了气，跑到堂屋里冲来人一通吼，你们家堂客没有怀过细毛毛啊？有哪个一生就生出了道台？在大肚皮家聒噪什么？俺老弟嫂是在养胎，听不得这么多闲话，你们快点请回。

讨茶喝的本是来歇气顺便奉承两句，没料到惹恼了这家的姑娘，赶紧赔不是，收起烟袋灰溜溜走了。德祖婆怪小姑子不懂礼数，雪姑娘回嘴，这些人放屁不负责任，把弟媳妇的心绪搅乱了，这个礼数它不成歪理了吗？德祖婆想想也是，后来就让人把外面大门关好，平时不轻易放人进来闲聊。

等大肚婆的妊娠反应没有刚开始那么频繁了，德祖婆派八十把雪姑娘送回四兜坡，并再三叮嘱，老中医开的方子不能停。雪姑娘含了泪出了娘家，一路上跟八十讲些闲话。从前在家她也不怎么跟这个老弟讲话，老弟要教书还要跑老中医那里学习，在家也总是一个人坐在书房里用功，爷娘不准别人打搅他。

八十算一算小姐姐出嫁的日子，按说早一年前就应该开花结果抱上细伢子了。他马上要当父亲了，又是学医的，对这件事他有他的看法。八十跟小姐姐说，回去让姐夫多吃点羊肉，还有就是多增加一点娱乐活动也是可以的，比如喝点药酒，逢上赶场多带家里人出去看看。

男子人还是要活跃一点才好。八十斟酌了一会儿才又说。雪姑娘明白他讲的是什么，点头记下。

顺利生下头一个细毛毛后，八十婶的肚子像充了气的皮球一样，先后又为八十生了三儿四女，十几年里陆陆续续再没有歇过气。

接细毛毛

八十婶的大儿子志刚诞生的那一年,雪姑娘也怀上了细毛毛,第二年春天生下长子自安,隔一年又有了次子松林。亲家母高兴得什么似的,接连来竹溪送了好几次礼,逢人就夸老中医是神医。

外面的世道慢慢变得平稳,土地和财产都重新分配,所有带私字头的事物渐渐消失不见了,农业社让农民做回主人。德祖公在这之前离的世,临去之前平静地看着儿子炳奎,他说,我这辈子的任务算是完成了,让你当医生治病救人,这是走了正途。好,当初幸亏没有把你送去县衙当差。

远嫁长沙湘潭的姑子们几乎再没回来过，只有离得较近的雪姑娘还会时常来竹溪探望。家里的积谷屋被队上征做集体食堂，要容下村里近二百人吃饭。德祖婆死于营养不良，全身浮肿。四兜坡的亲家母这时年事已高，还执意请人用推车推了来，她拄着根拐杖颤颤巍巍到灵前祭奠，喃喃地跟德祖婆讲些感谢的话。在自安和松林能喊姥姥的年龄，亲家母也以八十岁高龄过世。

老一辈走完了他们的路，竹溪宅院人丁兴旺起来，八十婶前后生下三个儿子四个女儿，等到生活的担子真正全部压到夫妻俩肩膀上的这一天，他们都已经四十出头。

新的社会，正大量需要人才，炳奎先是被群丰公社卫生中心请了去做主治医师，后来又被县人民医院直接挖走，成了吃公家粮的国家干部，每月拿固定薪水，凭着医术精到，工作上又没有怨言，年年都评先进。

常年粗粝的劳动，八十婶却始终是一位温柔贤良的妇女。她像一只抱崽的老母鸡，随时扑闪开翅膀紧紧护着一群儿女，有时也会为了几个工分跟计分的村干部怼上几句。物资匮乏的年代，她总有办法从苦涩里酿出蜜，从荒芜中拔出甜。扯一把槐花瓣或是掐一撮香椿尖，跟鸡蛋一炒，满屋飘香。从小姑子那里学会的米浆葱花汤，成了餐桌上的一道特色汤。

小儿子志伟正上小学，早饭缺油少盐的，也只够填饱肚肠，但能喝上这碗热乎乎香喷喷的米浆葱花汤，就可以兴冲冲背起书包去学校，这碗汤里似乎蕴含强大的能量。志伟的功课从来没叫人操心过，成绩一路遥遥领先，还写得一手好毛笔字，是八十婶的心头肉。

八十婶的长子志刚先是考进市里的重点中学，因为是家里老大，后面还有六个弟妹，考虑要早点工作赚钱帮助父母养家，就考了财校，如今已经是单位的会计了，而且是内定好的培养干部。志刚找了个城里的能干对象，大家都羡慕八十婶有这样一个争气的儿子。大女儿香梅跟炳奎学医，在伞铺乡那边的卫生院正式当了医生。二儿子志远在卫校进修，长岭镇的卫生院已经点名要他了。小女儿月娥也有学医的打算。八十是县里出了名的中医，医术和人品都受到大家的公认，他的子女继承医生这个职业，在竹溪人看来就像太阳每天升起、庄稼每天要喝水一样自然。

志刚小夫妻俩工作特别卖力，是单位一对红，双双都处在职业上升期，根本不可能把心思放在家里的事情上。大儿子海海十一个月大，要么整夜地哭要么三天两头生毛病，夫妻俩没少耽搁工作，合计来合计去，终于心一横，决定把十一个月大的孩子送到竹溪让母亲看护。海海的小叔叔志伟只比他大六岁，两个未出嫁的姑姑秀英和月娥，还有一个女儿素娥，嫁给了同村的木匠细袁，三个女儿都能帮八十婶搭把手。八十婶接到志刚的信二话也没说，打算隔天就带上几个身边的孩子一起进城去接大孙子。

志伟小名细满，细满一大早起来就兴奋地嚷嚷，接毛毛去了，接毛毛去了！毛毛是对小婴儿的爱称。

八十婶佯装生气，拿眼横了他一下，都是做叔叔的人了，还总这么猫弹鬼跳的，你大哥大嫂敢把毛毛交给你啊？

细满自知理亏不作声了，大家收拾停当就启程上路。出了竹溪，一路经过妙泉、王家屋场、合花乡，到小麦港坐船去湘江上游的徐家桥码头。群丰公社是典型的丘陵地貌，连绵起伏的小山峦把一个一个的村庄分隔开来，已经是春天了，新插的秧苗在稻田里随风抖动。

海海的外婆家在徐家桥，离码头很近。八十婶这趟进城想好了要先去探望亲家，早就准备好了礼物，一条过年时候腌熏好的鱼干、一只下蛋的老母鸡，还有几捆菜园里新摘下的蔬菜，让素娥和秀英一人提一大袋。月娥和志伟她一手牵一个，下了船，八十婶领着四个儿女往大圣岭方向去，亲家住在大圣岭脚下的徐家桥老街上。坐了一个多小时的轮渡，他们的耳朵被突突突的轮船噪音震得满耳嗡嗡声，讲话的声音自然就响了。秀英姑娘才二十出头，长得水灵清秀，对小弟弟的聒噪很是难为情，脸涨得通红，紧攥手里袋子低头跟在后面。

八十婶也注意到了，小儿子因为家里即将收留一个比他更小的人，兴奋劲正上扬，一路上话多得不得了，她牵着志伟的那只手暗暗用了点力。你温和一点呵，等下见到亲家母要懂礼，城市里不比农村，你看哪个人讲话起高腔？

细满就不响了，只拿眼睛打量路边的商店。徐家桥老街有一点历史了，明清时期就已经建制，隶属于潭州。青石板路不知道被多少人踩过，磨得很光滑，有的石板之间接缝已经被磨平，几块石板连成一整片，雪天结冰的时候路面变得更滑。老街的两边都是商铺，整条街上大多人家做买卖，有开烟纸店的、开酱铺的、卖南北特产的、配锁的、打金银器的，还有专门经营香烛的，五花八门应有尽有。沿街有一两个小孩子也站在自家门口盯着这一群人。细满的头就一直扭到后面看他们，月娥忙去牵他另一只手，细满这才回转身看前面的路。过了一座老教堂，再上一段长坡就到了海海外婆的家。

亲家在大圣岭这一带是出名的热心人，做南北特产生意，亲家公头脑最是活络，一九四九年以前经常贩了鸡蛋等时鲜货卖给香港那边的商户。后来，亲家公跟过去的一名香港客户合伙投资买进一批连环画小人书，在细伢子上下学经常出没的街边设摊，摆一排小矮凳，收几分钱一本把小人书租给学生伢子看。这种街边的小图书馆很受欢迎，因为有些绘本是引进版本，也吸引不少成年人租阅，这项生意红火起来，亲家与人搭伙又多开了几个摊点，成天忙得人也看不见，家里基本都是亲家母留守。

乡下亲家母要来，事先听女儿说起过的，一个是第一次当娭毑，一个是第一次做外婆，两个亲家母掩饰不住高兴，互相道着喜，又互相交换了礼物。细满这时紧紧挨在八十婶身后，红着脸怯怯地探出脑袋打量城里的亲家母，三个姑娘文文静静坐着喝茶。

外婆长了一张阿弥陀佛似的圆脸，为自家大女儿只顾忙工作而道歉，这真是劳烦亲家母了！志刚和有贞单位忙，有贞奶水不足，细毛毛还这么小，我们这边也帮不上什么忙，她外公忙生意上的事，光华家的小儿子今年才一岁多，我这个做娭毑的也只能间常（偶尔）去看看。光华是外婆的大儿子，电焊条厂的技术骨干，也是厂里的中层干部。

亲家母客气，孩子们都上进，我们做长辈的没有别的能力，帮忙带带细伢子还是没有问题的。你看，我们家里还有这么多人可以帮忙。八十婶环手一圈指了指面前几个小孩，不比你们城市里，每个人都有忙不完的事，农村除了田里的事，平时还松泛，他们细伢子喜欢跟细伢子耍，海海放在竹溪最合适了。娭毑笑眯眯地喝茶。

听了亲家母一番宽心的话，外婆的脸上也是笑开了花，临走又往几个细伢子袋袋里塞了许多糖粒子。

做媒

日子过得飞快。

家里细伢子一个一个读完了小学中学，志远和月娥卫校毕业进了卫生院，秀英也嫁给了家住城郊的工人卫国。哥哥姐姐成家的成家，嫁人的嫁人，最小的志伟也快要小学毕业了，竹溪老宅热热闹闹了好一阵。等海海到了进幼儿园的年龄，志刚有贞打算把他接回城里先接受一点学前教育。海海一走，老宅里就只剩八十姊和志远叔一家。

志远在长岭卫生院当医生，每天骑自行车来回跑，他媳妇菊泉是大姐香梅做的介绍。之前，香梅在伞铺卫生院成了全科医生，她丈夫石安在铁路勘探局工作，经常要天南海北地跑，家里基本不开火仓，香梅就向医院主动申请下去出诊。

村里有一户人家，当家的男子人常年要看病抓药，这家人家条件不算好，姊妹三个，下头有一个老弟，爹娘看得宝贝一样。菊泉是老大，人生得白净机灵，又勤快大方，对香梅很客气。接触多了，香梅越看越喜欢，想到自己的大弟志远已经到了适婚年龄，有心拉合二人。两边一说，选了个星期天把志远叫到伞铺她的家里来玩，也请了菊泉。没想到两个年轻人一见面就互相有好感，讲话非常投机。吃过饭志远主动提出送菊泉回家，菊泉竟然默许了。香梅暗想这下成了。菊泉留了一对大长辫子，走路时在身后摆来摆去，很是好看。

竹溪村的人称呼海海的嫔驰为八十婶，是因为海海的嗲嗲炳奎小名八十。上屋场的梅婆婆、后村的小眯子，有时雪姑娘也会过来，这几个堂客们常来往，有讲不完的话，用现在时髦话叫闺蜜。生产队有什么意见纠纷，她们说也不用说就会抱团成伙，胳膊肘一致对外。农事不忙的时节，她们经常会聚在八十婶家的堂屋里边搓麻纺线边扯闲聊，东家长西家短，用她们的道德标准进行点评。

生产队来找八十婶商量，你们院子大房子多，是不是可以安排两户人家住过来？对门山上要修水库，牵涉到几户人家的宅基地，先让他们临时过渡一下，等生产队找到合适的地方给他们建屋，就让他们搬走。

八十婶跟家里人通了气，梅婆婆等几个要好的听说这消息也过来发表意见。小眯子眼睛有点近视，她眨巴着眼说，八十婶，我对这件事打了很大的疑问号，为什么要安排两户人家进来？是有人眼红你们这片风水宝地，还是生产队想占你们的老宅？这你要搞清楚，不要到时候吃哑巴亏。

梅婆婆却认为，要只是临时过来过渡一下，等找到宅基地建屋就搬走，那倒也没什么不好，八十婶家这两年人少了，来几个人搭伙住还热闹一些。屋大人少不好呢，怕有些孤魂野路子的来逗留。梅婆婆跟一个懂点笔仙的神婆有交涉，有时候未免神神道道的。

雪姑娘有点不平，俺家又不是不肯讲风格，吃集体食堂那阵，俺屋里还不是天天上百号人。我只是想不通，一到要发扬风格了就瞄上俺家。

八十婶制止雪姑娘发牢骚，要什么紧？炳奎志刚他们也是这么说，房子就是要人住，又住不坏，再说房契又不跟别人分，怕什么？队上只说住到有宅基地建屋就搬走，我把积谷屋和诊所让给他们两家人。小眯子听了只摇头。

牛栏屋改的诊所兼药房，自从八十去县里医院当了主治医师，就空闲下来。八十婶同意让给一位叫曾玉荷的药剂师一家住进来，好让村里的人还有地方抓药。大门边的几间积谷屋，有两年做过村里集体食堂，食堂解散就又堆放柴火农具，就腾给了条件不是太好的彭老倌一家，老夫妻带着两儿两女住着。新的诊所成了前屋，药剂师的妈妈曾十娱驰爱客气，一搬来就带了很多礼物来八十婶家拜访，千恩万谢的。八十婶看新来的人家这么懂礼数，悬着的心放回肚子里。彭老倌是做篾匠的，眼睛红红的，总是冲着几个孩子吼，平时要么在屋里做功夫，要么拿了做好的篾筛到集市上卖，不大看到人。他堂客雨婶头发白得早，没什么脾气，住久了也喜欢来八十婶家拉拉家常。三家人家相处还算和睦。

先是曾玉荷跟一位在小学教美术的谭老师结了婚，谭老师是知青，竹溪没有宅基地，小两口跟曾十娭毑仍旧住在诊所。曾十娭毑告诉八十婶，谭老师将来是要回城里的，曾玉荷反正有药剂师证书，等有了城市户口，找个工作没有问题。然后彭老倌的大儿子也娶了外村的一名女子，他们一家本就拥挤局促，这一来还要分出一间房给新婚夫妇，彭老倌一天到晚骂声不绝，他们家很有些吵闹。

我就讲过吧，请神容易送神难！小眯子边翻白眼边撇嘴，你去催队上，快点给彭老倌他们家找宅基地，再要他们住下去你家里没得清静。你反正就讲八十叔不同意，志刚志远他们也都有意见，到时候他们回来找队里吵就不好看了。你家儿子多怕什么？要给他们一点压力，否则就知道欺负你一个女子人。

梅婆婆只顾嗑南瓜子，不敢再发表看法。小眯子又多白了她一眼，心想当时就是你多事。

生产队支书是个和善的人，他堂客肖凤娥读过高小有点文化，队上选她当了妇女干部。他一家也是从对门山上搬过来的，不知是早就得知了建水库的消息还是怎么的，他们在这边岭上新开辟的宅基地位置非常好。

小眯子翻翻眼睛又说，你看这些当干部的，哦，老百姓搬迁就找不到宅基地，东家借西家挤的，肖凤娥他们一家倒是早早地占下地盘，这什么搞法？

炳奎一家在竹溪受人尊重，一是因为八十医生在乡里看诊的时候救治过不少乡亲，再就是这一家人大事小事总是为别人着想，从来不占队里的便宜。原以为来借住的人家只是在这里暂住一段时间，也忘了问具体是多久，又没有签过字，都是口头上的承诺。不想这一住就住了好些年，大儿子成家立业转眼第三代也陆续要到上小学的年龄了，他们家的新宅基地似乎一点下文也没有。八十婶于是对这件事也多留了份心，生产队让肖凤娥带着妇女们上山摘茶的时候，八十婶就有意地紧跟在肖凤娥的身边。

八十婶问她，俺屋里借住的这两户人家的宅基地落实得怎么样了？肖凤娥看边上没有其他人，就轻轻叹了口气说，宅基地其实早就有了，面积比他们原来的地方大，但都是在半山坡上，彭老倌他们一家都不想搬迁。你院里有两口塘，门前那条溪水浇菜也很方便，他们就一直拖着不肯给老李回复。

八十婶这才有点如梦方醒，心里虽说有点犯嘀咕，但想想雨婶也可怜，一天从早忙到晚，彭老倌只晓得发脾气，两个儿子又借不上力，有那两口塘水确实是省力不少。如果搬到半山上，要出钱打井不说，用水还真是一点都不方便。八十婶就忍住了，以商量的口吻问肖凤娥该怎么办，志远媳妇也快生了，挺着个大肚子不歇气，隔壁人多吵闹，有时候半夜彭老倌屋里还会传出吵架声，孕妇经常被吓醒。

肖凤娥认真听了，答应说等回去找老李反映一下。

小眯子听说队里早就选好了地方，只是彭老倌一家嫌不方便不肯搬家，气就又上来了，你看，我就晓得这家人家不好搞，八十婶，这次你坚决不能放让，就跟他们把道理掰扯清楚，别人家的东西再好那也终归是别人的，你一个外面来的总不能霸着不放吧。

起新屋

海海后面是阿美、俊宇、皓宇、建华、立立、军军、杰杰、书荣、书华、薇薇、宇航，一串串的，八十婶的儿女的儿女们排着队出生了，母鸡下蛋公鸡打鸣，热闹非凡，竹溪老宅逐渐长成了一棵枝蔓繁茂的家族树。

曾玉荷药剂师跟着谭老师进了城，曾十娭毑先是和女儿女婿一起住，后又被湘潭的儿子接了过去，养老送终。八十婶跟小眯子她们感叹说曾十娭毑命好，小眯子说，这竹溪村还有哪个比得上你八十婶命好，儿女个个争气有出息。

八十婶不作声，她原本想跟她们讲，八十有个学生在县卫生局当领导，能够给老师的家人解决城镇户口。但是这件事家里人还没有坐下来打商量，她自己虽说是有点动心，可不清楚八十怎么个打算。于是，对小眯子的赞美只是笑，农业社到底辛苦，要作田要自己种菜，比不得城市里，想吃什么只要用钱买现成的就好了。

梅婆婆来劲了，直摇头，用钱买？那也要有钱才行啊，俺屋里铁伢子话说是进城当了个临时工，他那点工资自己吃饱都不够，还指望他回钱啊。

铁伢子是梅婆婆第二个崽，村里人都说他是发跳角色，就是活跃会来事的意思。铁伢子不安心务农，喜欢结交朋友，不知怎么让他左混右混进了城里的玻璃厂做临时工。

小眯子羡慕地说，你们崽女都有出息，八十婶就不用讲了，儿女个个有体面的工作，每月几个儿女一人回来一点钱，就够我们穷家小户的用好几年呢。梅婆婆你莫哭穷，你铁伢子不管怎么样每个月总有工资到手，他总归有良心会想到你，逢年过节都会买东西给你，吃的用的，我们乡里人见也没见过。

梅婆婆被小眯子这么一夸，眼睛就笑成了一条缝，阿弥陀佛，作不得数，明日讨了媳妇还不晓得有没有东西回来。

彭老倌一家拖了一阵子，队上又派人来催他搬家，他这才想起到分配给他的那块宅基地上看看，看了几次，发现那个地方也有它的好处，离农田更近，在上坡的道边有一弯小小的水塘，如果能深挖并扩充一下，这个水塘也够一家人用。彭老倌跟两个儿子找了一些队里经常做基建的，在新地基那边盘算来盘算去，大儿子眼睛看到更高的岭上，他堂客近来也怀孕了，不想跟老两口住在一起，想搬开另立门户。李支书也真是个好打商量的村领导，想反正这块地条件一般，别人不一定有兴趣，又离彭老倌新家近，一家人有个什么事照应起来也方便。就爽快地同意了，想也没想彭老倌的大儿子看中的那块地正在八十婶家背靠着的山上。

后面山上传来机器推土开凿声，几乎是同时，彭家在新得的两块地上开工了。志远和菊泉闻声到山上去看，这一看不打紧，菊泉差点被气哭，他们这是搞什么名堂嘛，建屋建到我们岭上去了，这是要当我们靠山啊？好笑，他们那样怕是要破坏我们的风水呢！

志远做医生的，不相信怪力乱神那一套，但心里总是不舒服，想去跟队上论理。在家烧饭的雨婶见菊泉骂骂咧咧从山上回来，心里很是过意不去，自己在家里又说不上话，急得不晓得怎么好。按理说房子建在别人的后山坡上，应该事先跟人家打声招呼，这说也不说上一句，一声喊就开工了，要换作是那霸蛮人家，擂上去把地基给轰了都占着理。

雨婶在八十婶家门口踅了几趟，终是鼓足勇气赔了笑脸迈进堂屋，手里捧着一碗新做的蒿子粑粑。八十婶，这就对不住了，队里给了几个地基子的选择，老倌子他们一眼就看中你们后山上，说是这几年相处借你们家不少的光，有这样的邻居有福呢。吵到你们了，真正是对不起啊。

菊泉还正在气头上，冲口道，雨婶，你们一家住在我们这里这么多年，我们讲过一句不？你讲讲我们有哪里做得不周到？要这样阴毒，搞到我们后山上去？你不晓得这是犯风水的事呀？

菊泉，不是这个意思，老倌子也是跟队上商量过的，说那块地没有人看得上，俺大媳妇也是要生细伢子了，他们小夫妻想出去自立门户。队上说你们愿意要，那块地就给你们吧，跟我们的屋也隔得近，有个照应。雨婶喃喃解释，一脸的歉意。

一直不作声的八十婶开口说话了，她倒是向着雨婶开始说菊泉的不是。菊泉、志远，你们都是年轻人，读过书有文化，怎么也相信风水那一套，你看看你有姐她们城里，几多的高楼，还不是人家挨着人家的住在一起。要按我讲，在我们后山上建房子，我们反而是有依靠的，这不还应该感谢雨婶他们一家人吗？

这下把菊泉给说得愣住了，雨婶连忙把蒿子粑粑递过去，八十婶你尝尝，我今天一早去割的蒿子草做了几个粑粑，也不晓得合不合你们的胃口。

菊泉，你前几天还在说想吃蒿子粑粑，我还正愁做不出味道，还不快谢谢雨婶。八十婶笑看着儿媳妇，菊泉没有再说什么，从雨婶手里接过蒿子粑粑，一阵浓浓的蒿子清香把孕妇的胃口吊了起来。

小眯子和梅婆婆后来得知事情的前前后后，除了一个劲摇头,什么话也讲不出。彭老倌一家人开开心心搬到坡上的新家去了,门口的那几间房一下子空了出来,八十婶说,家里哪里用得了那么多的空屋,把它们都拆了吧。

梅婆婆说,现在作兴砌楼房了,你们看对面岭脚下陈雪梅屋里,早就拆了老屋,地基都打好了,据说是要砌三层楼,两个儿子一家一层。

名字

八十医生快退休之前，医院征询他的意见，可以把家属转城镇户口并安排住房。八十想也没想就婉言谢绝了，说是在外面工作了这么久，落叶还是归根吧，他要回老家竹溪。

在这件事上八十婶其实还是有点想法。梅婆婆、小眯子等几个平素要好的早跟她筹谋过，崽女都一个个长大，都有了好工作，明日等八十先生退休，你就跟了进城。城里几多好，到底强过农业社，干干净净，用不着自己养猪喂鸡作田作菜，想吃什么商店里都买得到。你媳妇又对你好，你帮她带带细伢子，也比待在这农业社强。八十婶自己也认为跟大崽过理所当然，海海是她一手带大的，肯定愿意接娭毑过去住。

细伢子们不晓得怎么会长得那么快，这时候都已经读的读小学，上的上高中，最大的海海已经在准备高考，志伟也从师范毕业，自己要求去长岭教书，他自己谈好了对象。八十婶听小眯子她们说起带细伢子，就笑而不答，哪里还用得着她来带？就算以后志伟有小孩了，也肯定是往幼儿园送，把她接了去，也只是去吃闲饭，帮不上什么大忙。这样一想，八十婶对八十退休回老家的事便再不多说一句，想想也没什么不好，人总算回来了，守在一起过日子比什么都强。

八十过去只在每月领工资的那个星期天回来住一晚上，工资如数往堂客手里一交，第二天一清早就启程往小麦港搭乘轮渡去渌口。要是退了休，就可以天天守在家里，开方子也是在家里，又可以像最开始的那些年一样了。竹溪的老屋早就拆了，建了一座二层楼房，菊泉这时也考了药剂师的证，把一楼堂屋边的这间腾出来，购进一些百子柜，买齐各种中草药。看到那眼白发黄的,或者面色发红发黑不同寻常的,八十下意识里职业医生的敏感就苏醒了,让他伸手过来,帮他把一下脉,再让他伸舌头出来看看,又把听筒放到他胸口背上仔细听。那人便不由得紧张起来,八十取下听筒沉吟片刻,在单子上写下几味药名。有几个家里条件很差的,八十让菊泉把药配好,分文不收让他拿回去,一再交代如何煎药、何时喝下、喝到什么时候。

闻听八十先生又回来坐诊了,四方邻舍高兴得奔走相告,有事没事的,大家都愿意聚到八十婶家里来坐坐。也不一定让八十号脉,到了医生这里,多少倒点身体上的苦水,听点医生的忠告,赛过吃补药。

上午给人开了几张单子,十点多说是人有点不舒服,就到里间睡下来。中时,姆妈去喊爹爹吃饭,他只说不饿不想吃。就又让他睡,后来两点多进去看他,他就……

菊泉向闻讯赶来的每个子女复述爷老倌临终前的场景,每说一遍都会忍不住地哭。后来再说的时候,喉咙就嘶哑了。倒是娭毑冷静,只坐在嗲嗲边上时不时叹上一口气。子女们担心娘吃不消，把她搀扶到楼上房间休息，由秀英月娥几个女儿陪着。

旧年国庆节的时候，你友姐接我们去文化宫观礼花，一些的人，站了满满一坪，都抬起头看天上，几多好看。老倌子也抬头看，好高兴的样子。他年轻的时候几多会讲哦，现在这个样子了。

娭馳的思绪都在嗲嗲那里，偶尔会跟女儿们说上几句话。嗳嚅，再接着讲些片段，像大年三十嗲嗲讲白那样。

把去世的人生前穿过的衣物烧掉，一样不剩地烧掉。娭馳对着摆了一地的物品，突然就坐下去，失声痛哭起来。海海这时在外地出差，后来听妹妹说起，从没有看到娭馳这样哭过，是把心撕成一瓣瓣、把眼泪流成小溪、把声音喊成嘶嘶风声的那种哭法。从十四岁嫁过来，到嗲嗲八十四岁先她而走，这七十年的苦楚、委屈、幽怨，在娭馳的哭泣中，像黑白默片一般潺潺地流：影像模模糊糊行色匆匆，都有当时的打算，偶尔有人对镜头露出个脸，什么表情也没有。

娭馳一直以嗲嗲为骄傲，嗲嗲的一举一动都能引来村民的赞叹。八十先生把一个细伢子救活了，八十先生看好了后冲一个婆婆子的怪毛病，八十先生这样、八十先生那样，娭毑笑眯眯地谦恭地听，嘴里谦逊地说哪里哪里，仿佛那是在说自己一样。有时她也会回上一句，他十三岁就当了私塾西席，他读书多，乡里绅士推荐他当保甲，随什么事听一遍就记得住。

他十三岁，她也不过十四岁。

"郎骑竹马来，绕床弄青梅。同居长干里，两小无嫌猜。"

小小的少年，还不懂得风花雪月，却已开始支撑起整个家庭的责任。伺候孝敬渐渐老去的公婆，照料屋后满满一个大菜园子、满坡的红薯、一大块苎麻地、十几亩稻田，再加两头肉猪、一群鸡鸭。繁复的生儿育女几乎占据大半生，孤苦的少女熬成新嫂子，八十婶，八十娭毑。

出嫁的前夜，姆妈问女儿，你喜不喜欢这个青年人？要是心里有一点不愿意，我马上叫你爹爹连夜去那边退亲。

小姑娘红了脸低下头，轻声地说，这个人说话轻声细气，性格也好，他说将来要去城里工作。城里干净，应该没有乡下辛苦。

竹溪的人都把娭毑喊作八十婶。娭毑在娘家时也有个名字，罗春秀。

嗒

嗒

竹溪人把祖父喊做嗲嗲。

海海的嗲嗲大名炳奎。炳奎上面有三个姐姐，家里就他一个传宗接代的独子，家里担心养不大，取个小名叫八十，希望他寿长福长。

时机

八十的家族属于当地见过世面并且有点薄产的一脉，八十的爷老倌德祖公做的是小本买卖，喜欢结交各路朋友，爱打抱不平。也是靠朋友抬举，德祖公得了个小小的保甲名头，掌管着百十户人家的上传下达。面慈心善的德祖公有句口头禅，乡里乡亲的，凡事好商量。他心里明白自己墨水有限，希望家中后辈有出息，便动脑筋想法子送儿子进到好点的私塾先生那里受教育。等到儿子八十成人了，个头在乡人中特别突出，又长得一表人才，记忆过人，德祖公是越看越喜欢，就使足了气力来栽培。

德祖公出了名的热血仗义，乡亲都佩服他脑子灵泛，在族里很是讲得起话。后来生意做得好赚了些钱，就花一笔银子在竹溪盘下一处富农的院子，带着一家人搬迁过去。这处宅基原是这富农发家的老宅，四合院的格局，宅院背靠青山，朝向开阔，大门造了一个比较有气势的牌坊拱廊，院前是一条穿越全村的溪流，院门口有一幢独栋牛栏屋。德祖公一家搬进来后，等八十学医完成，特意请泥瓦工匠把牛栏屋改建成专门的药房。

一家人搬来竹溪时，八十的两个姐姐已经出嫁，小姐姐雪姑娘也已经说好人家，双方家长见过面对过八字，秋后就要嫁到四兜坡那边去了。八十的堂客叫春秀，十四岁过来的，比八十大一岁，是雷打石一户普通人家的闺女，家里简简单单只有龙凤胎的姐弟俩。

小夫妻十八岁圆的房，等春秀上了二十岁年纪，头一胎遇到点挫折夭亡了，老医师妙手调理之后，小两口以平均一到两年生一个孩子的速度，给这个家里不断添丁。年纪轻轻的八十饱读诗书满腹经纶，引经据典口才算得出类拔萃，为人又谦和懂礼貌，在乡人里面有那么点鹤立鸡群的味道。乡绅们私下合议有心推荐他当乡里的发言人，众人的计划是，先写个联名举荐信给县里，为八十争取一个保甲长的名分，然后再想办法为他去政府里谋个一官半职。只是，外面世界日显动荡不安，又时有兵匪游民叨扰，县里乡里管事的人救火一般，忙了东边忙西边，自顾不暇，也就把这件事搁置下来。

这一搁置不要紧，到底留下字据底子，到日后盘查清点，也是多少存下些隐患。这是后话，暂且不表。

等到炳奎正式完成学业，时光已是一九二四年，科举考试也已废除差不多十八年了，当下国家取仕多从大城市洋学堂或是西洋留学归来的人中选择，乡村士绅的子弟除非想方设法去到大城市，或是家族里筹款供他去洋学堂学习，没有这些门路便只能靠自己发奋。但是时局又并不如愿，北边的打过来，南边的又打过去，像长沙武汉这些大地方，人们像热锅上的蚂蚁惶惶不可终日，时常有三个五个的人会潜到乡里逃难，借住在沾点边的亲戚家，平常也不敢多出来。偶尔碰到，德祖公想跟他们打听点消息，外来的人往往扭头就躲进屋，一句多话也没有，根本摸不到外面的风。

德祖公回来望着儿子只有摇头叹气，怎么办呢，培养不出进士举子，也不能到广阔的天地里闯荡，退一步吧，但愿能平平安安守在爷娘身边，这可能就是你的造化。

私塾先生亚夫子颇为愤愤不平，为炳奎也为自己抱憾。这位私塾先生年轻时也考过两次，都是差一点就中了秀才，后来家里出了官司，钱都用在打点上了，磨来磨去哪里还有精力读书科考。他这口气就发愤在教书上，直到收了八十为徒，总算盼来一块好材料，就用心调教。可惜呵可惜，亚夫子长叹，生不逢时奈何天！他觉得自己和八十都是缺少时机的人，天时地利人和，缺一不可啊。

炳奎啊，为师的要送你一句话，身处乱世，不能为良相便去做良医吧。一方面治病救人，一方面把乡里私塾子弟教好，也不浪费老天赏你的才学，也不辱没祖先。这是亚夫子的原话。

亚夫子又向德祖公推荐一位湘潭地区鼎鼎有名的老中医，两下一说合，八十便恭恭敬敬跟着亚夫子和德祖公上门，打包封、点蜡烛、烧高香，行了大礼正式拜师学医。

这位老中医有个特点，他有几句话总是喜欢挂在嘴边，平日念经似的要拿出来念叨几遍：用药譬如用兵，治疗譬如打仗。必须牢记药物特性，了解药与药配伍，胸有成竹，才能所向披靡，无往不胜。如果这点功夫你都不愿意下，不准在外面说是我的徒弟。态度决绝。

中药品种实在多如繁星，背药书药性没有投机取巧之道，乏味枯燥得很，有些人学到半路便失去耐心，八十却是非同一般地专注，加上记忆力惊人，在背记药书上是下足功夫，还常常偷学遍尝百草的李时珍，也悄悄嚼过百十味的草药，把药草的色味性牢牢记住，慢慢就能帮着老医师看些小毛小病。他先是在家给叔伯姑婆们诊脉，又在自家的药房给乡邻义诊，通过用心摸索，很快克服了对疾病的畏惧。

自从给一个多年没有怀上细毛毛的年轻媳妇彻底看好了毛病，八十正经八百地持证挂牌，在家中坐诊开方，当起了郎中。一开始，老医师还经常被德祖公从湘潭接过来坐镇，后来老医师年岁上去，舟车劳顿实在力不从心。他说，该放手时需放手，炳奎完全可以自立门户了。德祖公这才相信，儿子确实成气候了。

老医师不久寿终正寝，无疾而终，活过了百岁。草木枯荣，雨水四季，老医师活着的时候就跟这自然的草木和雨水一样，成功时不喧嚣，失手时没有气馁，阳寿尽时悄然寂灭，像睡过去一样。八十心里最仰慕敬重的人就是这位老医师，他认真按照恩师的言行方式做人做事，稳重的风格慢慢受到乡邻信任。

得知老医师西归的消息，亚夫子也不时要感叹两句老了，记忆力大不如从前了。亚夫子向老东家推荐自己的得意门生接班，于是八十又被私塾聘为西席。时而西席时而郎中，八十在这两个角色中切换自如，虽然谈不上显赫，教书育人、治病救人，养活家小，这到底也是正途。到了这个时节，德祖公松了一口气。

驳古

私塾开在一个大户人家的祠堂内，学生收的主要是有钱乡绅的子弟，还有少数富农家的孩子。个把两个有心上进的贫农户也希望下一代有出息，私下找乡绅作保，把子弟送进私塾陪读，附加条件是帮着教书先生打些杂，富家子弟有要求也要帮着跑腿做事，这样就减免学费束脩。

八十从三、百、千开蒙，先教《三字经》《百家姓》《千字文》，他自己也曾是这样一步步学上来。给他授课的亚夫子觉得他是一块好材料，私下专为他详解《论语》《孟子》之类的经学。这间私塾学生多的时候有二三十人同在一起学习，年龄从三到十六岁不等。过去，亚夫子遵循孔老夫子因材施教的原则，不同年龄学不同的课本，学生们在下面摇头晃脑读书，亚夫子闭着眼睛在台上听，分辨得真真切切，任谁也别想蒙混过关。这样的乡间学堂里，一名私塾先生一般会一路教下去，学生们跟着他识文断字，阅读经文，钻研书法，略通点算术，明白些做人的道理。作为西席的教书先生，学问必是样样精通，只要闹一两次笑话被学生问了个哑口无言，传出去就会立即失了师道尊严，来年是否被延聘就成了疑问号。亚夫子在这间私塾是任教最久的西席。

八十的这位老师自命亚夫子，言必称子曰，是个喜欢咬文嚼字的老学究。在八十还跟着他读书的时候，亚夫子经常对八十说，子曰：逝者如斯夫，不舍昼夜。光阴金贵，你不加以珍惜，它就会如同哗哗的流水一样离你而去。炳奎呀，你是天上的奎星下凡，跟一般人家的子弟不一样，上天赋予的才华不可辜负呀，要好好用在你的学问上。

有一阵子，八十被这位亚夫子说得自我膨胀了，就有点自命不凡的样子。

八十，八十，我昨天做了个对子，你来帮我看看，交给亚夫子能过关不？讲话的师弟是一个同村农民家的长子，他爹爹好求歹求留在学堂里陪读，他拖着半条鼻涕，将自己的作业簿子递到八十面前。

八十嫌他不洁，眉头皱起，用手指捏过那簿子，才看了一行——上对下，天对地，到了你这里却是太阳对空气，笑死人。有两个同学也凑过来看簿子上的对子，字迹歪歪扭扭像是即刻要跌倒的病人。两个调皮同学抢过簿子满堂跑，一边怪声怪气地念出来。

水底太阳不暖手，世间空气可养人。哈哈哈，学堂里嘲笑声一片，八十也跟着笑。这时私塾先生亚夫子咳嗽一声走了进来，他一把从那个笑成一团的学生手里抓过那本簿子，才扫了一眼，脸上就起了怒色，再一看，嘲笑的人群中八十居然有份，悲从中来，他狠狠挖了一眼八十，扫视众人，从丹田上升的一股愤愤之气吐出两个字：驳古！

这两个字一出亚夫子之口，两个带头搞事的学生就知道今天要倒霉，手上那一板子是逃不掉了，还有可能被罚站不能吃午饭。就都垮下脸低了头，偷眼看亚夫子。

有辱斯文，啊啊，你们这书读到哪里去了，唵？都到屁眼里去了？亚夫子吹胡子瞪眼好不生气。

八十，你上来，来讲讲，这副对子哪里不好？亚夫子冷笑着一指他自己常坐的前台，让八十上去讲话。

八十犹豫着走上前接过先生手里的簿子，又认真看了一遍，这个对子平仄有问题，嗯，另外呢，内容上有点牵强，也没有什么文采。八十吞吞吐吐点评。

亚夫子不搭腔，转身问那学生，怎么会想出这个对子。学生老老实实回答，每天天不亮就去放牛，到吃早饭的时候，牛吃饱了，他也到河里洗了手回去吃饭，这时太阳已经上山了，影子映在水底，但是河水却还是冰凉冰凉的。回到家里，姆妈说饭在锅里，吃好快点去读书。锅里是昨天的剩饭，也没有什么菜，搞点剁辣椒拌一拌，就飞快吃完了。

八十心里一阵难受，为这贫家子弟的寒酸，也为自己的冷酷，想想刚才用手指头捏他的簿子，还对他的鼻涕非常嫌弃，这失了君子应该有的风度。

于是走到那个学生面前躬了躬身，打一拱手说，对不住。另几个嘲笑过的学生也忙过去说对不住，对不住。

那学生只是缩缩鼻子憨笑，亚夫子递块帕子给他，让他出去先把鼻涕搞干净。那学生接了帕子到外面擤鼻涕，亚夫子对学生们正色道，子曰：有教无类。这个世上，谁也不比谁高明，都是造物播的种。但你不遵古训，仗着自己有小聪明，仗着家里富裕，就讥笑那些比你迟钝比你穷困的人，这是造孽，是驳古。

亚夫子又点名让两个闹得最起劲的学生上来，抽出一块厚实板子，学生们吓出一身冷汗。两人自觉亏心，伸出手掌，闭紧两眼。只听噼啪两声，亚夫子一边用劲打，一边还在教训，你们笑他，啊，是因为他不如你们灵泛？还是你们的对子比他写得巧？看看你自己那狗刨一样的字，唵！知错不？

知错知错！不敢哒不敢哒！两个学生几乎哭出来，连声求饶。

私塾先生亚夫子很少打学生板子，这次看来是动了气。挨了教训的学生战战兢兢坐回位子，亚夫子先把对联的平仄规律稍微回顾讲解了一下，并不具体分析学生那副对子，却重点褒奖了对子里的情义，竟然还说读出了苏学士、白易安的闲适，心意都在句子里了。

这让八十非常诧异，同时也暗中叫好。这大概就是有教无类吧。板子打在同学手掌上，其实是狠狠打进了八十的心里。要做一名合格的乡塾西席，指出学生的错误并非主要目的吧，就说眼前这名贫家子弟，他即使错得离谱又有什么要紧，你教会他多认几个字，会算点基本的算术，这对他将来的生计才有实用价值。

亚夫子对那学生一番鼓励，那名衣衫褴褛的学生竟然身板坐得笔直，两眼生出光辉，几乎一眼也不眨地紧盯亚夫子，他从此把情义和心意这两个非常复杂的概念都搞得明明白白了吧。

恃强欺弱的行为是驳古，同等于造孽。等到八十自己当上了先生，他特别当心这个，不时用浅显的典故向学生伢子灌输简单又朴实的道理，有时候他会丢开课本一路发挥，借两个看过的闲书中的人物故事讲白。

学生们听他讲白听得津津有味，每天最惦记的事情就是去学堂上学。做家长的好生奇怪，从前只晓得自家的细伢子死洋拉气的拖着不肯去学堂。因为私塾先生要回课，要背书，好像这是世上头一等的苦差。学生伢子只要一放学，丢了书包又能变回生龙活虎的样子。等换了教书的八十先生以后，这些调皮鬼竟然一个个变得服服帖帖，讲话做事很有规矩，还破天荒主动帮着家里做事，照看弟妹，甚至还有那么点行侠仗义的样子，主动向贫困的同伴施以援手。

这真是太阳从西边出来了。有子弟在私塾读书的乡绅，碰到一起议论就会抚掌大笑，这个八十不简单，家里那几个无法无天的捣蛋鬼总算戴上如来紧箍咒，伏法了。

八十边专心教书边开业问诊，一天下来异常忙碌，晚间灯下要研习药经古方，还要准备第二天的教学内容，挤出一点点的闲暇就是抿上一小盏酒，写上几句律诗，要么翻几页三国或水浒、七侠五义，八十称之为放松脑筋，也为来日讲白积攒谈资。

牌坊门边的西厢房原就高大，做牲畜栏实在是可惜了，德祖公在搬来竹溪的第四年便请了工匠来改了做药房，还请了八十的同门师兄弟来坐过诊，又请了名药师来帮着配方抓药，一时间竹溪这个小诊所声名传了出去，前来就医问诊的络绎不绝。

亚夫子终于下定决心回家养老了。八十送亚夫子出村，他不是竹溪这边的，老家在朱亭。从前听他说起过朱亭，汉朝王莽曾派兵驻守于此，东汉名将马援也在这里大战，猛张飞奉刘备之命到此考察军务，将马拴在一棵樟树上，至今这棵老樟树长得膀壮腰圆，要几个人才能联手合抱。亚夫子曾说，离家不远，是南宋大理学家朱熹和张栻结庐讲学的地方，眼睛里很是神往。

大的欺负小的，性格强悍的欺负软弱的，这本就是动物的天性。亚夫子临别跟八十讲，植物最精华的东西在它的种子里，教书育人就如种植，你播撒下饱满健全的种子，将来才可能抗得住风霜雨雪。

回转吧，等你空了来朱亭找我，我带你拜访朱张二位大贤停留过的地方。

八十向朱亭亚夫子深深作揖，说一声，朱先生，保重保重。

应变

三十年河东，三十年河西。

八十全家人这样逍遥地过了好些年，上面两位老人分别走到人生终点，志刚已快到读书的年龄，后面的香梅、素娥陆续出生长大，八十教书看诊，家里收入比较稳定，过得比同村人好一些。

有消息来说，城里换政府了，乡里跟着也会有很大变化。八十这时候还不慌，他想，人总是要生病总是要读书的，他的这两个行当都是稳的。

跟德祖公要好的一位同族老兄弟从梅号搭口信过来，要八十快点先去把药铺注销，并且把欠药材号的账目都尽早结清，把所有票据都销毁。说是让八十在某某时间来梅号的祠堂，家族有重要的事情要详谈商议。

　　八十听到这个，心里就有数了。虽说住在这偏僻的乡村，他却对收集各路信息非常重视，大凡药剂师去城里药材行进货，他都会嘱咐带几份报纸回来，不论是政府主管的大报还是民间小报，他都嘱药剂师买一份回来，所以外面发生的事情他都基本能同步了解。同族叔伯特意召唤，证明德祖公的这位兄弟一定是听闻了确实可靠的消息，这次的变化可以用天翻地覆形容。于是八十迅速拟写好药铺的注销报告，带上药剂师去县里的工商所办了注销，然后亲自跟药剂师去城里药材行和几处药号，当面对了账目，每一分钱都清算得干干净净。药剂师二话不多问，虽然一头雾水，但他晓得八十先生是个不一般的人，对时局有非常清晰的判断，只需要照他的话做就是了。

　　用两天时间，办妥了所有事情。轮渡船坐到小麦港，要走回竹溪，一路上二人紧赶慢赶，并无多话。八十在往梅号的分岔路口与药剂师分手，离别之前，他只说要去老祠堂拜拜，然后跟药剂师抱歉地说，这个月之后就跟他交结所有工钱，按约定多支一月饷银，请他另寻高就，竹溪接下来就暂时不开药铺只看诊开方子了。

梅号这一脉这时都聚集在祠堂里议事，家族的长老在祭祀台前忧虑地走来走去。德祖公兄弟们的下一代也在座，见八十来了，让了茶，并问他是否把该办的事情办了。八十点头。

改朝换代的关键节点又到了，我们这个家族从尧舜禹时代就有了，存活到今天，一路上经历的也不少，每当这个节点来到的时候，祖先都会交代后人，深藏功与名，要变得比一般人还要普通。很多的显赫世家，平素耀武扬威惯了，一时收不得手，最后的下场大家看了也只能叹气。我们这一脉能走这么多年，靠的是什么？就是忍字当头，然后就是多做少说，做什么？做对别人有益处的事情。比如八十就是一个例子，他在乡间行医、教书，这都是做好事。我也听到许多的评论，家族里有几房子弟在外面专横跋扈，风言风语传来，对我们家族影响很不好。只有八十这里，凡是去过竹溪的人，无一不是夸赞。

长老已是一位耄耋老人，白发飘然，讲话中气十足，八十听他表扬自己，谦逊地低头。别的长者也纷纷赞同。

每当时局有大变，每房派一两个说话算数的男丁聚在祠堂一同议事，这两代人得出的共识是，家产丰厚的人家，最好趁着大部分人还在懵里懵懂的时候，要么散去部分家财各方打点好，要么携家带口去往香港，那多少还能留下点财产。他们认为香港是个商业之都。年轻一点的则说，当今之时，国家正当用人之计，不如投身政局，一定能有所作为。为此，大家产生了一些分歧。八十只是默不作声地听。

轮到八十表态，八十沉吟片刻，说自己的想法可能不太成熟。德祖公那位同族老兄弟，八十喊他太叔叔，他鼓励八十，你大胆说，你们年轻人有文化有见识，说出来让大家也有个参考。

八十就把自己从报纸上看到的，平时听人们谈起的，去城里进药材时听到的，从头说了起来。他个人的想法是，如果老百姓铁了心相信，跟过去完全不同的全新生活肯定会变成现实，那这就是历史的必然。作为郎中也好作为教书先生也罢，就跟着这个必然的趋势往前走就可以了。自己家里也不比同族那些家大业大的，没有多少藏不下的财产，如今虽说添丁添口，也还能够保障温饱。

同族里有一个几年前发了家的，生意做得大，跟香港那边素有业务联系，就说准备带着家人到那边去。

有人就摇头，换一个地方，什么都要重新来过，这把年纪经不起折腾了。

农村毕竟是农村，外面天翻地覆，这里翻不出什么浪花，放心吧。上了点岁数的人说。

那次在梅号的祖祠里商议过之后，除了有一房铁了心举家迁往香港，其余几房都安于本分。八十这一辈的堂兄弟也有想做点小买卖的，去瞄好了县城的铺子，但是想到时局动荡，也就收了心回来专心务农。搬走的那一房，把农村里所有的土地和房屋分别转给了不肯走的同一房的兄弟们，城里的店铺房产变了金条，家产陆陆续续清了个干净，走的时候没有大张旗鼓，悄悄买好票就走得无影无踪了。得到好处的兄弟自然也是很开心，绝对想不到意外之财有可能变成烫手山芋。这也是后话。

转机

变化很快就到了。

先是碰到土地改革，竹溪的院子里临时性住进来过一些农户，等大队上统一安排好宅基地后又陆续搬走。大炼钢铁吃集体食堂那几年，积谷屋成了近两百号村民每天聚餐的地方，热闹非凡。接下来大队兴修水库，又前后搬进来两户人家，这次住得比较久。一户姓彭，是世代务农的本分农民，安住在牌坊大门边的原来做谷仓的东厢房里。另一户姓曾，女方是一名药剂师，男人唐老师在小学教美术课。曾药剂师的娘，人称曾十嬷驰，跟着女儿女婿，这一家三口就住在做过牛栏又做过药房的这幢房子里，那些中药百子柜还留存在原来的地方，队上也仍旧把这里当药房。

八十心里是有过具体打算的，他想起亚夫子讲过的话，转机往往藏在转变中。此时，百业待兴，各行业急需要人才。八十这时三十郎当岁，意气风发，觉得肯定有很多的事可以做，并且一定能够做好。

群丰一些个体开业医生，也都是读过老书，有点见识的，他们从报纸上看到大一点城市里的个体医生已经开始集体办医，湘潭那边就成立中医联合诊所了，长沙也有中西医联合诊所，几百号郎中都加入这种联合诊所去了。这就意味着郎中参加了工作，成为领国家固定工资的正式医生了。

八十对自己的专业非常自信，第一批报名去县里的中西医联合医院参加考试。经过面试笔试，县里第一人民医院一下就看中他。哪晓得，正准备调档的时候出了点小问题。通知来得蛮快，却是让八十先去公社中医联合诊所上班，在万家屋场，离家七八里路。

这是第一个没有料到。八十本以为凭自己这些年行医积攒的口碑，去县医院做医生绰绰有余，但命运经常会开点小玩笑，普通人只能跟着命运走。无论如何，被公家的医院录用为吃国家饭的医师，虽说是在公社的卫生院上班，那也算得上是一份体面的差事。

曾家人搬进八十当过药房的这幢房子后，重新简单装修，又另外隔了一间卧室出来，将百子柜摆在堂屋里。那些装满小抽屉的百子柜重又填进了各种药材，打老远就飘出中药材的味道。八十下班回来路过东厢房，闻到熟悉的中药材味道，心里一下子就变踏实了。

很久以后才从一位病人口里听到点消息，那病人在县人事部门做事，晓得点内幕。参加县里的中西医联合医院考试，论资历和口碑，八十都没有任何问题，但因为从前有几个乡绅打算举荐他当保甲，虽然这事没有成真，但当时确实留有举荐信，十几个人签了名，这封信还保存在档案部门。白纸黑字，证据确凿。八十自己其实根本不清楚这些事，百口莫辩，但也只能苦笑。

凡事皆有因果，原是一群乡绅的好意，但换了语境，就成了说不清道不明的隐忧。一个从旧时代走出来的年轻人，你还能说什么。八十想，反正还有很长的日子，时间长了，医院也好病人也好，最终总会明白他是一个怎样的医生。

上世纪五十年代初，从北京上海那些大城市开始，兴起了一股中医献秘方的风潮。这股风刮到群丰已经是当年的初秋了，各个医院和地方上的中医药工作者也效仿起来，把祖传的或是自己在实践中积累的治疗方子献出来，这些货真价实的方子都救过命。

八十做事谨慎，觉得自己资历较浅，开出的方子虽说是治好过不少的疑难杂症，但要上升到秘方的程度，他觉得还欠火候。不过，他手里有一本师傅留传给他的手写验方，其中有一方，他确实亲眼见到过治疗奇迹。

翻出那本手写药方的时候，从前跟着师傅苦读医经的情景又浮现在八十面前。这本验方是师傅行医救人一辈子积累下来的，而且都是他亲自在实践中多次用到，据师傅自己说，有的是险方，事后证明有奇效。师傅不像一些乡间游医，写方子时说得天花乱坠，开完方子人就消失了。师傅每次在开出方子之后，一定是连续观察，有路远的，他也会不断上门问询病人的后续反应。这本手抄药方，是师傅经过反复验证，证明从来没有产生过任何不良反应的方子，累积下来十二方，每方后面都附有在每个疗程中所产生的反应，有的甚至是副作用，但经过某某次疗程后，反应减少，直到成功战胜病症。

师傅在离世的前一天还在看诊开方，第二天在睡梦中寿终正寝，大家都感叹说，像老中医这样无疾而终，完全是靠自己修炼出来的。八十相信，一个人只要抱定行善积德的信念，就不会受到邪秽的侵蚀。他虔诚地把那本师傅手写的药方用一块缎面帕子包好，亲手交给卫生院的负责人。

负责人不是搞业务出身，他主要从政治方面考虑，交到县里起码就能完成任务，要是方子真的有用，搞不好还能登报表扬，这可是给乡镇卫生院长脸的好机会。

到了五十年代后期，北京上海大城市的中医、中西医联合诊所根据划区医疗的规划先后又进行了撤销或合并，这个潮流波及全国的省市县，各个正规医院内都增设中医门诊或中医科，以适应各个地方就诊的实际需要。八十被县人民医院调了去，做了坐诊名医，医院同事和病人都尊敬地称他炳奎先生。

舔犊

八十上班的地方离家更远了，十六公里，中间还隔着一条湘江，交通公司的班车这个时候还没有开到竹溪，只能靠两只脚走到小麦港，然后再坐一个多小时的船去渌口。

抚育两个儿子四个闺女的任务全部落到娭毑身上，她一个女子人，却是一点没有胆怯，也没有想到要跟着去县城享清福。志刚考上了市里重点中学，住校，跟八十一样，一个礼拜回来一次。志刚会读书，但他是长子，娘那么操劳，家里的弟妹们又都处在长身体的时候，一大家子，靠爹爹每个月回来的工资总是有些紧张，他跟娘说，初中读好就考财校，早点参加工作，减轻家里负担。大儿最懂得娘的心，八十婶听了又是欢喜又心疼。

接到县医院商调函的时候，搞政工出身的那个卫生院负责人找八十谈话，他一本正经地说，你不能大意，组织上可能还会要考察你，因为你有封信还在档案那里。

八十明白，负责人指的是那封乡绅们写的举荐信。他笑笑，这是旧黄历，况且又没有成为事实，这都是能够讲得清的，我倒不担心。

负责人点头，好好，到哪里都是为人民服务，你好好做。

志刚如愿读完财校分到市里商业系统下属的一家商店当会计。这家商店设在一个冶金部直辖的大型国企的地盘上，每天上万的人流量，是工人上下班的必经之地。这企业带有军工性质，建国之初由苏联专家亲自参与设计，对外名称为601厂，主要生产硬质合金。为便于生产，工厂和家属楼分区域修建，生活区建有百货店、副食店、蔬菜店、肉店、饮食店，601是一个配套完备的大型社区。

志刚与单位同事有贞结婚有了海海，香梅、秀英几个姑娘也先后找到工作，秀英姑娘长得水灵可爱，嫁了个郊区的工人。志远在卫校读了三年，即将毕业。趁着发饷那天，八十回来住一晚，八十婶问他，志远卫校读完了，你看是不是去跟领导那边问一声，可不可以安排个工作？中专生应该还是能找到事做的，打针、捡药都可以。

八十只嗯了一声。跟之前的很多个发饷日一样，他会在这周的礼拜六回来一次，把领的工资信封亲手交给八十婶。有一回多了点小奖金，八十特意拍拍信封告诉八十婶，单位这个月加了一点。来了一个县里领导挂我的号，大概吃了药见效，开会的时候表扬了我们医院，院长脸上有光，评我先进。

八十婶接过装工资的信封，那你正好跟院长提一下志远的事，他毕业就是七八月间的事了，学了几年的医，总不能又回农业社作田吧。

过了一个多月，八十领了饷回来休礼拜天，八十婶问他志远的事去跟院长说了没有。八十点头。

志远卫校读得很用功，临到毕业，手里有了好几张证书，什么药剂师证书、儿科证书、妇科证书，还得过两次优秀学生的奖状，看起来可以做一个全科医生了。只是，八十那边托的事一点没有动静。八十婶这回着急了。

你到底问没问过你们院领导，志远这都毕业了，他香姐跟他在伞铺那边相中了一个姑娘，只讲自己老弟也是学医的，将来要当医生。可这个医生八字还没有一撇。八十婶如同念经一般，跟在八十身边一直叨念。

我跟书记讲过几回了，他点了头，你总不能叫他立字据把你吧。八十好脾气地解释。

不是要他写了字把你，只怕是你应该写了字把他哦。八十婶急得什么似的，声意有点高。她听出来了，八十肯定是把儿子的情况跟领导那边提过了，人家也答了白。答白也仅仅就是口头上应了一句，对结果的推进并不会产生实质性的作用。

八十婶打发志远连夜骑自行车进城把志刚叫了回来，志刚这时候已经是经理助理了，对政策流程非常熟练。志刚原原本本听爷老子把前因后果讲述了一遍，觉得娘分析得很有道理。这里面确实少了一个手续，你一个医生，哪怕是名老中医，要推荐新人也必须先打报告，光口头上打招呼，医院没办法上会讨论。

于是志刚负责起草报告，详细地说明志远在卫校三年的学习情况，以及在某某卫生院实习时看过的病例，再附上那些大大小小的红本本证书。他跟爷老子讲，有了这些东西，领导才可以召开人事会议，讨论单位上是不是能设岗。我看是没有问题的，志远这些年还是学到了真本事，退一步讲，就算大医院进不去，去乡镇卫生院当医生，都能独当一面了。

八十在县一医院是出了名的不爱讲话，尤其不爱向领导上提条件，他觉得自己所做的一切都是分内事。他是医院的一块牌子，治好了不少的疑难杂症，他办公室里一面墙上挂满了锦旗，什么妙手华佗、再生父母，都是病人们家属送来的，感激涕零之情可见一斑，医院也因此很受县里重视。八十在单位踏实看诊，对同事也是客客气气从不摆老专家架子，领导上经过考虑推荐他当了县里的政协委员。

在八十姆的一再催促下，八十把志刚写好的报告连带志远的证书，一并交给书记。等到走完人事上的流程，志远进到公社卫生院当了一名正式的医生。

亚夫子

在县人民医院，经常也派医生支援基层卫生院，八十有次随医疗小组去朱亭村驻扎治病，朱亭这边靠近湘江，水塘较多，五十年代消灭过一次丁螺病，都过去二十几年了，眼下似乎又有回头的趋势。

此病不分男女老幼，一旦喝过不卫生的水，就会得这个怪病，肚子胀得像西瓜，脖子细得像丝瓜，手臂瘦得像黄瓜，样子奇怪不说，还痛苦不堪。患上此病的人，儿童的发育受影响，怀孕的妇女甚至会流产，男子人失去劳动能力。当地政府考虑到朱亭这边感染的人群多，如果不及时治疗，担心出现大面积疫情，向县里打报告申请医疗援助。

当地老百姓把这种怪毛病称为瘟病，八十医生主要采取的还是传统的方法，调配中药熬成汤饮，由卫生院医护挨家挨户送汤药上门，并且督促村民喝完，再宣传卫生常识。对于已经有病患的人家，还要辅以针灸治疗，并对居室消毒。

治病之余，八十想起他的启蒙恩师亚夫子也是朱亭人。分别多年，忙着在公家医院早出晚归工作，也不知道亚夫子还在不在。趁着有一天出诊回访，记录完服药反应，从病人家出来，八十让两个随行的实习医生早些回去，自己就顺着记忆里亚夫子曾说起过的那个地址一路找了过去。

位于老街的那幢房子很是破旧，旁边小小一块菜园，里面种了当季的蔬菜，因为往立冬走了，青菜叶子在寒风中萧瑟，有几块菜土盖了稻草，瓜棚架仍然没有撤下，挂了些残余的瓜藤，发黄发黑，失去了生命迹象。那些曾在亚夫子嘴里听说的传说故事，朱熹也好，张飞也罢，哪里能够跟眼前这破败的影像联系到一起。

亚夫子已经老得不认得人了，几根白发稀稀

拉拉搭在脑袋上，此时他靠坐在自家门口，身上披了条薄毯，半闭着眼睛，冬日残阳洒落在他瘦弱的身上。

八十辨认出自己的老师，他慢慢走过去，走到近前，深深弯下身作了一个揖。

亚夫子。八十喊。

白发的老人用力睁开眼睛，茫然看着面前这个穿白大褂的中年男子人。

朱先生，我是炳奎。

炳奎？哪个炳奎？俺崽这时还不得回来，他到渌口贩猪种了。你明日来吧。老人口齿倒还清楚。

我竹溪八十呢，亚夫子，我是你的学生。八十再次提醒。

哦哦，竹溪的八十啊，啊呀，你长这么大了，你怎么穿了白袍子，莫不是来给我吊孝？我九十八了，是该上山了。亚夫子抖抖索索扶着八十伸过来的手站了起来。

亚夫子，外面冷，进屋吧。八十领他回屋。

进屋，进屋。我困了，你扶我上床。亚夫子像一头失去体力的老牛，半靠在炳奎身上，随了他向屋内走。昏暗的室内有一张大床，雕花横梁，床头刻有魁星点斗、喜鹊登枝等图样。八十取下亚夫子身上的毛毯，帮他脱了鞋子和外套，扶他躺下，又为他盖上棉被。

八十啊，老而不死，是为贼也。亚夫子拉拉八十的手，然后双手缩回到棉被里，闭上眼睛。

八十候了一会儿，以为亚夫子还会讲话，结果只听到微微的鼾声响起，亚夫子已经睡着了。八十只得放下帐幔出来。

归去

八十医生变得越来越不喜欢讲话。也许是看过太多的生老病死，还有医生这个职业带给他的神思交集，偶尔回顾一下过往的病例，有一天他似乎有所领悟。那些被病痛折磨过又健朗活过来的，那些小小一点毛病就能毁损的，其实都是冥冥中的自有安排，哪里是药剂所为，皆是造物所赐。

望闻问切这诊断四要素中，到了问诊这一关口，八十医生一般会问及饮食起居，工作生活环境，除了不舒服的部位带来的疼痛，还有哪些地方跟平常不一样。病人如实回答，八十如实记录，判断也就产生在这一问一答之中了。

后来，志刚接退休的爷娘到家中居住，国庆节带海海和二老一起去神龙公园观焰火，海海兴奋地指着烟花又跳又叫，八十仰望满天绽放的烟花，媖驰则望着老倌，她对海海说，看你嗲嗲，如今变成这个样子了，你不晓得，他年轻时候几多会讲。

嗲嗲最会讲白，嗲嗲，你跟我讲个白，我要听济公传。海海拉着嗲嗲恳求。嗲嗲只是笑了笑，说记性不好了，读过的字就看就忘。

嗲嗲晚年经常挂在嘴边的是视死如归这几个字，海海原来总觉得这是描写烈士从容就义的，但从嗲嗲那里听到，似乎没有那种壮怀激烈的意思。

嗲嗲在八十四岁那年走到了人生的终点。跟他的师傅一样，在睡梦中过去的。上午还给远道来的一个病人把了脉开了方子，病人走后，八十说要到床上眯一下。

到吃午饭的时候，媖驰来喊老倌，菊泉饭菜都端上桌了，你起来吃点饭不？

连喊了两声不听见回应，就去推一推，发现八十已经就这样沉沉睡了过去，再没有起来。

等把所有的后事办完，娭毑在院子里烧嗲嗲的衣物，边烧边哭，家里人从没有见她像这样哭过，似乎要把这一辈子的委屈都哭个干净。

八十去县医院当医生的时候跟八十婶说，春秀啊，家里以后就要靠你了。等将来稳定了，看看可不可以让家属也搬到县城去，找一份工作。

春秀心里其实是愿意的，到县城生活当然好，可以摆脱多少的辛苦哦。但是八十这才去新单位，心思该是放在事业上，自己有什么重要。春秀就说，我又不认字，哪里找得到工作？我在竹溪蛮好，作田作菜养猪，几多省钱。

退休回到竹溪后，八十每天清扫院子，在菜园里除草。刚过完七十大寿的某天，他对志远说，红薯坡最上面的那块地不要种菜了，有空的时候我们一起修整一下，周围栽上松树围起来，将来我要睡在这里，这里地势高。

八十岁，嗲嗲无疾而终，睡进了红薯坡。

讲白

快过年了，细伢子盼过年，过年可以吃糖粒子，吃炒花生，吃炸红薯片。娭馳家还有一样是别人家没有的，大年夜守岁听嗲嗲讲白。

过年，是八十家里的大日子。

八十和八十婶在竹溪开枝散叶，孩子一个个长大成人，到外面成家立业，又有了自己的下一代，把从德祖公手里接过来的这一脉生发得颇为壮观，到八十这一辈，三代同堂，老老小小加起来有二十八个人。

大年三十这天，三个儿子带着家人无论如何是一定要赶回来的。先在八十夫妇的带领下去岭上给德祖公夫妇烧纸烛点炮竹上供菜拜坟，拜完坟回家吃年夜饭。

又高又大的八仙桌摆在堂屋正中，上座是嗲嗲娭毑，陪座依次是志刚志远志伟，有贞菊泉彭彭三个媳妇也要上桌，儿子媳妇围坐一桌才叫团团圆圆。下面的小桌子，海海带几个孙子围一桌，彭彭还是刚过门的新媳妇，还没怀小孩。菊泉不时下来关照一下，喂年幼的华子几口饭，同时照应着厨房。有贞充当司仪，祭祀和开席她都要主持一番，起头讲些吉利话，然后大家高高兴兴地按辈分年龄轮流给嗲嗲娭毑磕头，接着吃饭。

初一崽，初二郎，女儿女婿一般是初二这天带着细伢子回娘家拜年。回来了，照样也是先去岭上点炮竹拜坟，这回上主桌吃饭的换了女婿，儿子作陪，媳妇和女儿们挤到细伢子一桌，也是好不热闹。

八十家饭桌上一般不会出现山里野味和深海鱼鲜，一来是内地农村市集罕有这些物品，二来也是因为八十行医，饮食讲究的是素淡平常，奇怪罕见的东西基本不碰。年夜饭每桌十样左右的菜，酸辣椒炒鸡块、红烧鸭、清蒸草鱼、梅干菜扣肉，这是主打，另外五香酥肉、粉丝肉沫、四色腊味合蒸、香干子小炒肉，也基本以猪肉为主。

酥肉坨子每年都由住得近的素娥她男人细袁提前过来酥好，细袁做木匠出身，做事最是过细，调五香粉、搓圆子、炸酥肉最里手。大女香梅的男人石安，算得上这个家族的顶级厨师，他初二带两个儿子随香梅回竹溪给丈人和丈母娘拜年，一大家子人就能吃到可口又少见的菜肴。有一道珍珠滚肉丸子，光听这名字就能感觉到发着光的糯香，肉丸子主料是当天的五花肉，香梅一家路过长岭镇上总要顺路带回来一些新鲜猪肉和蔬菜，五花肉肥瘦各半，切成块后，加上去皮荸荠、姜丝、小葱，在案板上细细地斩剁，然后调两勺料酒进去，洒上糖、盐、胡椒粉，用鸡蛋清搅拌，拌均匀后用手捏成一个个小团。小丸子在早已发泡好的糯米里一路滚过去，丸子就被糯米沾满了，糯米事先在油锅里翻炒过，油亮亮地粘着在肉丸上，隔着纱布在蒸笼上蒸上十几分钟，出锅前淋一点香麻油，洒一点姜葱末，端到桌子上又香又好看，细伢子不晓得讲客气，争先恐后伸筷子夹了往嘴里送，连说好吃好吃，哪怕嘴给烫了也挡不住美味的蔓延。石安烧的红烧肉也是一绝，他给五花肉上色的方法是用冰糖炒，不像江浙一带靠浓油赤酱煨煮，冰糖炒过的肉色泽不会黑得过分，肉皮有点淡淡酱红色，类似琥珀的明黄透亮。石安的油炸花生米也是不同一般，花生米和冷油一起下锅，等油热了，浸在油里的花生米也熟了，再拌上几下，快速用漏勺撩出锅冷却，花生衣紫红而不发焦，花生肉清脆喷香，洒点盐粉，是下酒的好东西，嗲嗲最是喜欢。

海海他们吃两口就玩鞭炮去了，细伢子这桌的菜几个女儿媳妇吃不了，上桌的儿子女婿要陪爷老子喝酒聊天，她们就把肉菜搬到主桌去。厨房里还有早上现割下来的白菜苔子，有时候还有红菜苔子，菊泉清早就清洗好沥干水备着，饭吃到一半，她再去用猪油炒上两堆碗，两张桌子各摆一碗。

吃菜苔子啊，娬嫩的。菊泉端菜出来，嘴里总要这样高声感叹。像是小鸡听到主人喂食的招呼，外面扔鞭炮的细伢子一听菊泉的广告，口舌里生出向往，又跑回桌上吃几口。这菜苔子确实是过年最抢手的菜，大鱼大肉吃多了，这个最解油腻，基本一上桌就被分食光了，不够再去菜园割，洗干净再炒上两碗。大家不肯离桌，就是为了吃上几口菜苔子。

志刚有贞的单位每逢过年前都给职工发些生鲜干货等过年物资，草鱼又肥又大，娭毑拿来用剁椒清蒸或做扎鱼，把吃不完的草鱼和猪肉洗好沥干，抹上盐后放进专门的自制烘炉里炕。这个烘炉是一个大的油桶改装成的，燃料是谷糠或者半湿不干的稻草，有意不让火燃烧，而是借着这欲烧不烧的燃料升发出的高温浓烟，熏陶铺在铁丝架上的鱼肉，待熏去了湿气，水分收去差不多七八成，用麻线串起，一挂挂地吊在厨房的房梁上，防猫狗偷食，也能保存很久。麻线是娭毑旧年春天种下的那片苎麻地里的麻秆上剥下的，娭毑在烧饭喂猪的空隙，就坐在纺纱机前一边跟海海或者小眯子他们说话，一边手里不停地搓麻纺成线。手纺的麻线非常结实，用来穿吊腊鱼腊肉可以挂上一年都不断。

年夜饭后酒足饭饱，重头节目——守岁就要开场了。在电视机还没有普及的时候，八十是守岁时段的绝对主角。女子人帮娭毑打扫锅碗瓢盆，炮竹放了一次又一次之后，撤去八仙桌，搬来一段结实的老树根点燃，大家围坐在火堆旁，细伢子不停催促嗲嗲讲白。八十读了一肚子古书，有讲不完的白，什么济公和尚、什么三侠五义、西游记、三国，想听什么随便点。

八十抿上一小口白酒，沉吟半晌，海海就开始点单，嗲嗲，讲包公断案的白。男孩子喜欢听热闹的，黑脸包公跟御猫展昭一起在民间断案，或者是浪里白条除暴安良，林冲夜奔上梁山，只要故事够曲折，打斗场面够热闹，细伢子都像屁股粘了胶水一样，钉在凳子上不挪窝。

嗲嗲开讲，那展昭，字熊飞，常州府武进县遇杰村人氏，二十岁年纪，与包拯相识于赶考之时，二人志趣相投，皆为品行端正、义薄云天的青年。此人幼时与高人习轻功，练就一身绝活，飞檐走壁、袖里藏箭，剑术尤其高超，御赐亲封为御前四品带刀护卫，封号御猫，供职于开封包公手下，多次挽救包青天于危难之中……

冬天的夜晚，外面下着雪，屋里却是暖和得很。燃烧的老树根也是不温不火，发散恰到好处的温度，众人的面孔红扑扑的。娭毑把早已准备好的炒红薯片、雪枣、花生、瓜子，有贞买的北京果脯、大白兔奶糖、高粱饴，摆放在海海他们吃饭的小桌上，满满的一桌。

等嗲嗲讲白讲到夜间十一点多，年幼的华子已经睡着，海海他们几个大的却听得津津有味，缠着嗲嗲继续讲继续讲。娭毑给大家续上茶水，说让嗲嗲先歇下气吧，我给你们下一碗汤圆。

海海就带细伢子们去门外放花炮，大门敞开，院子里的二踢脚窜得老高，在空中绽放出雨点似的花火。书子喜欢点冲天炮，引线点燃后，尾部喷出细细的气流，嗖地一声飞出去，在空中发出一声清脆的鸣响，有时候连点三根，嗖嗖嗖三股细流升腾，很是过瘾。娭毑藏了些擦炮，留给初二跟女儿回来拜年的外孙们玩，俊宇是外孙中的老大，他玩擦炮玩出了花样，专找牛粪堆炸，甚至直接扔到鸡窝里搞得鸡飞狗跳，男孩子们哈哈乱笑，惹来爷老子一阵斥责。有贞买花炮一般只挑相对安全点的，她不买甩炮，只买了擦炮和烟花棒。甩炮撞到其他东西上就会爆炸，虽说威力不大，但会把胆小的人吓坏。恶作剧的男孩子经常用甩炮扔到女孩身上，吓得女孩乱叫。烟花棒是专给女孩子玩的，闪闪的亮花像玉屑似的随着手的晃动纷纷落下，阿美她们几个女孩最喜欢双手拿烟花棒绕出种种花样，看火树银花从手里开放。岭上建伢子看见俊宇和杰杰他们回来了，马上飞奔下来，他偷偷把自己的甩炮跟俊宇他们交换，俊宇害怕石安看见，扯上杰杰几个跟了建伢子到岭上玩花炮。

做汤圆的糯米粉是腊月二十八这天菊泉婶婶和志远叔叔两人手磨的，那糯米也是先在水里浸了一个晚上，已经膨胀开来，软软的散发出一股淡淡米香。叔叔和婶婶一个往磨盘的圆孔里舀米，一个推磨，石头磨盘转一圈，婶婶往磨孔里面添加一小勺糯米，有时还要加点水。两个磨盘连接的地方会沁出一条条洁白的水线，这是糯米磨出来的米浆，乳白的米浆流进石磨下面的大盆里。磨完了浸泡的糯米，再把大盆里的米浆倒进一个干净的白色面粉袋里，用绳子扎紧袋口，吊到房梁上，下面仍旧放一个大盆。米浆的水从面粉袋里漏出，滴滴答答，连续不断滴上两三天，等水全部沥干，面粉袋里就是细腻的湿糯米粉了。娭毑从袋里挖出一大团糯米粉，搓成一个个圆圆胖胖的元宵，竹溪人叫它刚坨子，可充当大年夜守岁的夜宵。

海海他们细伢子守岁到十二点半，嗲嗲娭毑叔伯婶婶轮流发压岁钱，细伢子领到红包之后就迷迷糊糊睡着了，娭毑和菊泉等一家人都安顿好，收拾干净厨房，娭毑单独到外面点线香敬拜土地和诸位祖先，嘴里念念有词地默默说上一会，基本忙到半夜一两点。上床后也只能打几个小时瞌睡，初一清早五点又要放头炮磕头敬神，然后给全家人做早饭。全年是一碗肉丝面开头，讨一个细水长流的口彩。八十这一家人都喜欢吃糯米和甜食，菊泉婶婶特意给大家搓刚坨子，糖罐里的白砂糖自己放。有贞胃不好，只是意思意思吃两个，又叮嘱细伢子不能吃太多糖，否则牙齿让虫蛀坏了。细伢子们人来疯，你吃三个我吃六个地比赛，八十说糯米吃多了会让脾胃堵塞，大家才适可而止。

初二一清早，住上屋场的女儿素娥带一家人回娘家磕头拜年，沿竹溪走过来五六分钟的距离，娱驰隆重地点炮竹欢迎女儿女婿回娘家，有贞、菊泉上茶待客很是周全。上午十时左右，等另外几个住在城里的姐妹家人回来聚齐后，大人小孩拜过年，素娥细袁接上爹娘去家里吃饭。说来也巧，细袁的农历生日正逢大年初二。这顿饭夫妻俩也是提前一个礼拜开始准备，去镇上置办年货，南北特产花生糖果，样样不缺。素娥有些腼腆，细袁却是机巧又风趣，夫妻二人育有一子一女。

对二女儿的婚姻，娱驰也是早早作了安排，看素娥老实本分，留在身边最合适，先是让她学做裁缝，然后在本村的后生子中物色，一来二去的相中了家底清白又有手艺的细袁，不擅交际的素娥与灵泛勤劳的细袁，这俩人很般配。在农村里，有手艺会做功夫的都是聪明人，而且能赚钱养家，日子过得比一般人要滋润。果然这对夫妻很发奋，村里最早开始改造老屋兴建楼房的时候，他们砌起了三层楼的水泥房，家具都是细袁自己亲手做的。后来香梅退休自己开诊所，素娥又给学药剂的大女建华买了城镇户口，在大姨那里捡药打针，有了一份收入不错的稳定工作。儿子立志则跟细袁学徒做木匠，海海在单位分到一套福利房，立志带着表哥住在那套房子里搞装修，亲手制作了全套松木家具，龙骨原木地板做得周周正正，免去不少的上当受骗不说，环保又省钱。

素娥家的柴火糯米饭最好吃，这是一家人公认的。火候由细袁控制，前面的大火烧的是松树枝，干燥的松针已经晒得枯黄，遇到火一点就燃，火苗蓬勃，将清水发泡过的糯米跟猪油一起炒，素娥不停翻动锅铲，锅内饱满的糯米经热油一爆滋拉滋拉地跳动，糯米吃透猪油炒出香味，加上凉水盖过糯米表面，盖上锅盖焖煮。细袁这时不再添松树枝，而改用粗壮的废木条，每次外出做工夫都有很多没有用场的边角余料，主人也不会要，细袁就用肥料编织袋带回来一些，攒在柴火房烧火用。中火慢慢煨煮饱浸猪油的糯米，水开后再添一次木条，细袁基本就不再往灶塘里加柴了，木条渐渐猛烈燃烧，因为没有更多木柴的助力，这股火势就缺少了后劲，渐渐小了下去。满火塘红彤彤燃尽的木条，在火光中还能看出原来的一点形状。等到饭香充盈在整个厨房，细袁用铁钳稍微往那些木条状的火红上一捅，塘火便化成粉末，火力完全失去，借着这股余热，糯米继续接受煨焙，在锅底形成一层金黄的锅巴。

海海守在灶台边上好一阵了，馋得口水都快流出来。细袁姑爹故意说，今日只怕没有锅巴吃，火烧得太旺，只能让你吃煳锅巴了。海海回答说，那请你重新烧一锅，我只想吃锅巴。素娥笑着揭锅，姑爹逗你耍你也相信，你闻闻看，好香的锅巴哦。

素娥姑姑家的锅巴香脆不粘牙，加上糯米本身的那股米香，成为海海记忆中最浓厚的乡愁之一。海海第一个捧着一碗锅巴从厨房得意地出来，嘎巴嘎巴嚼响，忙着打纸板打弹子的细伢子们被这脆响勾得馋虫出动，接二连三挤进厨房问素娥要锅巴饭。有贞白了海海一眼，你最大，不带好样，快分些锅巴给弟弟妹妹。素娥大声应道，都有都有，莫急。

彭彭边撸袖子边进了厨房，她到火塘边拉起细袁。今日寿星亲自烧火，这怎么要得，快去堂屋陪爹爹讲话。素娥姐，你们糯米饭做好了，后面炒菜就看我的，虽然没有石安哥那样的手艺，我也来献一下丑啊。彭彭最近也在学红案，做得几样拿手好菜。

月娥也放下手里的扑克牌紧跟进来。好，我来打下手，帮彭彭烧火。素娥作为女主人一定要留在厨房，于是姑嫂俩在灶间帮着素娥忙碌，三人一边扯些闲谈，一边就把素娥细袁一早配好的菜全给炒了。

两大桌子围坐了大大小小三十多个人，大人子和细伢子混坐在一起，人声鼎沸像开了锅的自由市场。喝酒的高声谈笑，挨个给细袁敬酒祝寿，细袁笑眯眯一盏接一盏地喝着烧谷酒，脸越来越红，素娥在一边急得摇手，立志赶紧过来帮爷老子挡酒，也被舅舅姨爹们灌了不少酒下去。

今日借着寿酒我也不瞒各位老兄长辈，就跟嗲嗲娘老子讲句心里话，我细袁没有别的本事，文化不高，不如哥哥嫂嫂弟妹们发狠，但是呢，让自己堂客崽女吃一口饱饭还是没有问题。农村里苦是苦一点，也的确有不少好耍的，开春之后我要承包队上一个鱼塘，到时候请大家来竹溪钓鱼耍。细袁双手捧起酒盏向四周宾客环绕一圈，一仰头喝下去。

众人先是愕然，随即叫好声不迭。如今有这个政策，鼓励致富，细袁你这是要当第一个吃螃蟹的人啊。石安见多识广，激动地站起来向细袁敬了一盏酒。

有贞这时也站起来，爹爹娘老子在上，媳妇也说两句啊。志刚今年要调去面包厂当厂长了，市里引进一条法国面包流水线，领导说这个工作非常重要，要解决全市人民早饭翻新的问题。爹爹娘老子，感谢你们多年对我们小辈的扶持帮助，我两个小孩都靠娘老子带大，让我们俩放手干工作，我敬你们二老一杯。有贞说完喝下一盏酒，众人又连连说好。

志远要升任卫生院副院长了，志伟准备调教育局了，彭彭打算开快餐店了，香梅退休后要注册自己的诊所了……

大人们那边轮流忙着汇报工作和生活的近况，细伢子也凑热闹似的花样百出，一下子要撒尿了，一下子又去追鸡狗，负责喂饭的娘只好跟在屁股后面不停喊——邋遢，莫往嘴里送，慢点哪，莫绊倒。

酒足饭饱，班车到站的时间也接近了，素娥搓了热毛巾给大家擦手脸，大人们相互道别，相约某天到哪家做客。十五之前的年假一路排下来，基本隔天就要走一家，就又能见面了。细袁做了好多酥肉坨子，给几兄妹每家分一小袋，有贞从小生活在城市，对这乡里的土菜不太能接受，只意思意思拿了几个，多出来的分给香梅。几个在市里上班的辞别爹娘，赶上公交车先回城去，海海要随有贞去给城里的外公外婆拜年，也跟嗲嗲娭毑告别。

腊月二十八手磨出来的那一布袋糯米粉，娭毑也是每家人家包了一小袋，做刚坨子吃可一直吃到正月十五。嗲嗲的讲白也要从年三十讲到正月十五，他每回讲到关键节点就打住，任由海海这些听得正带劲的细伢子怎么求情，嗲嗲只说下回见分晓，再不多说一个字。跟如今追连续剧一样，一直吊足听众的胃口。

正月十五元宵节在海海家过，志远菊泉把嗲嗲娭毑带过来，弟妹们又从各人家里赶过来，一大家人再次聚齐。等吃完一碗刚坨子，听完嗲嗲这一轮讲白的大结局，新的一年就正式开场了。

乡村职业人

过去的竹溪，活跃着几个懂得一定技术，掌握了某一门手艺的人，他们或在乡间行医，或走村串户帮人做木匠活、当裁缝，还有的懂杀猪，给家禽家畜配种、绝育，这几种职业紧贴着竹溪人的生活，因此很受欢迎，收入也稳定。也有一类逢年过节或婚丧嫁娶时显一下身手的，只能算乡间职场的散户。

　　乡村的职业人是乡亲艳羡的对象，他们工作时神情专注，有种舍我其谁、我的手艺我做主的狠劲，其气场还真有那么点威慑力。

　　也不知道是从哪天起，大大小小的乡村职业人突然消失得无影无踪。一切似乎来得太容易，乡村也少了那份悠闲和耐性，年轻人都进城去了。城市化之后，晒谷场派不上什么用场，菜园子凄惶惶爬满杂草，灶火间换上了液化气，炊烟散淡得失去香味，田园仿佛一夜之间变老的。

郎中桂医生

在乡村，把当中医的都尊称为郎中，听上去似乎跟古代的侍中侍郎是相同的官品，其实是游仙一般的散职，自食其力的劳动者。在竹溪，大凡家里有人生毛病，要么去找炳奎医生，要么寻桂医生。

竹溪人都喜欢称炳奎医生为八十先生，四十多岁被县里医院聘请了去，当了吃国家粮的医生。如果想要等他看毛病，那就要靠碰运气，因为他一般只在单位发饷的那个星期回来，这个时候还实行一周工作六天，休礼拜天的制度。八十先生礼拜六下了班往回赶，礼拜一大清早又往单位赶。

桂医生年轻很多，跟炳奎医生几乎差了一个辈分。桂医生拜师学医多年，与志刚差不多年纪，这时也已经出师了，在家里边给人看病边务农，为人特别踏实，村里人头痛脑热的都来找他开方子。

海海这天下半夜突然发高烧，八十婶手摸上去，烫得吓人。家里的药房现在还空关着，队上只说会有个药剂师过来，但现在还不见人，百子柜里倒是还剩了些草药，但谁也不知道要用哪味药。政府聘请八十先生去医院坐诊专家门诊，离开竹溪之前他反复交代过，是药三分毒，家里人不准靠近那些药柜，没有正规医师开出的方子，即使是甘草也不能轻易去碰。

八十婶有点慌神，志刚有贞是单位的积极分子，上面领导正在考察志刚，有可能让他升职当助理。现在又正是商店最忙碌的季节，儿子媳妇把小孩交到她手里，可不能有一点闪失。香梅在伞铺卫生院，月娥志远又都在卫校进修学习，虽说家里多的是医生，可都隔着十几里地，远水解不了近渴。

后半夜，八十婶一次次绞了湿毛巾敷到海海额头上，又帮他擦腋窝擦腹股沟，可是一点不见烧退，海海只是紧闭眼睛。八十婶时不时喂他喝热水，小嘴才开一开，喝完又继续迷糊，问他哪里不舒服，他也不搭腔。好不容易煎熬到天亮，八十婶抱起海海急惶惶往四苑坡去。比海海只大五岁的细满满志伟，帮娘带关了后院的门，又快步跑到娘的前面。出门的时候，他听娘说了一声，去找桂医生。

细满跟桂医生家的两个男孩同在一个小学读书，放学也经常一起玩耍，熟门熟路，志伟把桂家的门拍得哐哐响，桂医生桂医生，请你快开门！

海海死沉死沉的，细满拍门的时候，八十婶抱着海海刚上坡。志伟使劲拍门的叫喊把桂医生一家都惊醒了，桂医生披了件单衣开门出来。

细满？什么事这么急？桂医生两只手伸进袖子管，边扭好扣子。小叔叔大名志伟，村里人都叫他小名细满。

桂医生，俺侄儿海海发高烧，你给他开点药吧。细满眼巴巴看着桂医生。

八十婶这时已经抱着海海到了桂医生面前。桂医生，快帮我看看，俺海海后半夜突然发高烧，家里百子柜的药我不晓得用，你快看看，这是什么怪毛病。

桂医生一摸海海额头，烫手。他又翻开海海的眼皮看看，找来听诊器探到海海心口一听，眉头紧皱起来。

八十婶，莫急啊，你先把海海放到堂屋地上，我到后面菜园搞点黄泥巴来。桂医生交代好就离开了，细满也紧紧跟在后面。

八十婶有点丈二和尚摸不着头脑，没有办法，人家是医生，只能听他的。她把海海放到地上，让他伸开四肢躺平。

桂医生堂客和两个儿子都从里屋出来了，桂嫂子边拢着头发，两个男孩看见海海躺在地上，好奇地围过来。

八十婶，海海这是生什么毛病了，脸通红的？桂嫂子把儿子们赶开，俯下身去用手探了探海海的额头，旋即吃惊得张开了嘴。

不晓得什么解，烧成这个样子。八十婶急得快哭出来。

莫急莫急，俺家桂医生怎么讲？桂嫂子拿眼睛到处找自己男人。听八十婶说去弄黄泥巴了，若有所思,黄泥巴?哦,我家细的这个有年高烧也是这样退的。莫急莫急,肯定有办法。

桂嫂子说着就自顾自到灶房去了。不一会儿桂医生提了个桶子进来,桶子里已经和了一大块湿黄泥,细满满头大汗跟在后面。

细满,你帮我把海海的衣服脱了。桂医生一边用手和拌着黄泥一边指挥细满。

桂嫂子手里拿了两个鸡蛋递过去,鸡蛋要吧?桂医生点头认可,桂嫂子把两只蛋对碰,鸡蛋液滑入泥中,桂医生两手不停搅拌,把鸡蛋一点一点抓进泥里,黄泥和鸡蛋清混和在一起,像面粉和鸡蛋搅在一起一样,亮亮的蛋液加强了黄泥的黏性。细满已经脱下了海海的衣服,桂医生抓起大把蛋液和黄泥的混合物往海海胸口糊,把海海小小的胸口糊得严严实实。

去,到我药箱子里拿一捆纱布来。桂医生跟桂嫂子说。

桂嫂子在围巾上擦干双手,到桂医生药箱子里找到一捆纱布,看看实在太细了,就建议,只怕兜不住,我去拿件觉伢子的旧衣服撕开,再把纱布捆上。

桂医生点头，也要得，快！

桂嫂子拿来的那件小衣服样子还蛮好，八十婶有点可惜，想阻拦，桂嫂子已经不由分说撕扯下两只小袖子。她把衣服后背大的那块对折好递给桂医生，桂医生捡起扯下的袖子，两手在上面擦拭干净，接过桂嫂子递上的布块包在刚刚敷的黄泥上，再把纱布一圈圈围绕海海，等固定好了，打个结。

桂医生给海海穿上衣服，把他抱到堂屋的竹铺上，又摸了摸海海的额头，八十婶，到中时烧会退下去。莫嫌我屋里伙食差，你跟细满肯定还没吃早饭，就在我这里先将就吃点，我也再观察观察海海的情况。

哪里还吃得进早饭，海海烧成这个样子，话也讲不出一句，不晓得会不会出事？八十婶急得两眼泛火星。

放心吧，不会出事，桂医生看过不少这样的细伢子。俺觉伢子那次也是这样退的烧，放心。桂嫂子安慰八十婶，你老先坐下喝口茶，我这就去弄早饭。觉伢子，不懂事，只晓得耍，快来帮我烧火，让细满在这里帮八十婶看着海海。

觉伢子此时正和细满在拍新做的纸板,折成田字形的小纸板被两个男孩拍在地上啪啪直响,谁先把对方的纸板拍翻过去谁就是赢家。觉伢子正占着上风,被桂嫂子一喊,皱眉撅嘴极不愿地捡起纸板去了灶火间。

做叔叔的人了,只晓得耍!八十婶也轻声指责细满,细满红了脸,把自己的纸板揿进了口袋,到竹铺那边去看海海。

桂医生倒了杯热茶给八十婶,细伢子嘛,哪个不喜欢耍。来,八十婶请喝茶。

唉,虽说家里尽是医生,可是现在一个都不在身边,你八十叔根本指望不上,一个月才回来休一个礼拜天。八十婶愁眉苦脸地接过茶。

大医院没有我们乡里郎中松泛,不要紧,我看海海这个不会有危险。很多毛病其实不是一下子发出来的,是日积月累的,平时根本注意不到。幼儿突然发烧,不一定要马上用药,有时候发烧就是人体的一种防御反应,尤其这个年纪的细伢子,他本身就很敏感,容易对外界的刺激产生反应。海海可能是感染了或者受凉了，要不就是喝了不干净的冷水，这个原因还要观察一下才知道。细满，你晓得海海昨天吃了什么？到了什么地方？桂医生一边在海海额头上探一探，一边尽量把语气放轻松，他故意把注意力分散到细满这里。

细满听桂医生这么问，抓抓头皮想了一想，海海昨天说要吃槐花炒鸡蛋，中时跟在姆妈后面吵，姆妈被吵不过，就让他自己去撸一些槐花回来，后来隔壁建伢子带他去了后山。

八十婶这时也想起来，是有这么一回事，建伢子跟俺海海讲槐花炒鸡蛋最好吃了，俺海海馋不过寻了我吵，我着急要出工，就讲你自己去搞槐花，晚上我就给你炒鸡蛋。海海高兴得不得了，真的跟建伢子去搞了一些槐花回来，晚上我给他用猪油炒了一碗槐花炒鸡蛋，他吃下去两碗饭。细伢子就是这样，喜欢凑热闹。

肯定跟槐花没有关系，不晓得他还吃了别的什么不干净的东西。桂医生说。

哦！细满像是想起了什么，去海海的衣袋里掏摸，一颗剥了皮的白色果仁，还有一小撮槐花被细满掏出来，他把手里的东西交给八十婶，又到海海的裤口袋里掏摸，掏出一把油亮亮的桐油籽。

海海是吃了这个桐油籽。细满叫道，像破了一桩公案。

你怎么晓得？八十婶和桂医生不约而同地问。

他跟建伢子从后山回来的时候，我听见他们两个在议论，一个说桐油籽吃得，一个说吃不得有毒。海海说这么香的桐油籽跟葵花籽一样，既然可以榨桐油，肯定可以吃。建伢子跟海海吵，说你不信你就吃，中毒了莫怪我。建伢子说完就回屋了。细满回忆。

你看见海海吃的？八十婶继续问。

我倒没看见，后来海海把槐花交给你，你炒了一碗鸡蛋还夸海海做得事了，我也是头一次吃槐花炒蛋，海海从来没有吃过这么多饭。细满为了掩盖自己的失职，故意把话题转移开。

从海海这个症状看，一个可能是在山上吹了风，再一个可能是吃了桐油籽。他回来之后呕吐过没有？桂医生看着那颗剥了皮的白果仁。

发烧之前干呕了几声，我也没有在意。八十婶这时非常懊悔，她轻轻在细满后背上敲了一把，你是怎么当叔叔的，这么大的事都不跟我讲，只晓得耍只晓得吃，要你有什么用？

细满被讲得羞红了脸，低下头看着脚底。

海海在竹铺上翻了个身，眼睛睁开来见是陌生的环境，顿觉惊慌，嘴一撇哭起来，刚嚎了一声，又看见八十婶和小叔叔都在旁边，眼泪还在眼眶里打转却笑起来，娭毑，细满满！

啊哪不怕丑，又哭又笑，黄狗打灶！细满手指羞着海海的脸。

八十婶见海海醒过来，心里的石头放下了，心疼地抱起海海，贴在胸前，并轻轻拍打着他。俺海海没事了，没事了。海海，你告诉桂伯伯，昨天跟建伢子在外面吃了什么东西呀？

海海不作声，桂医生摸摸海海额头，不烫了。海海，不要紧，你跟桂伯伯讲讲看，山上好耍不？

海海笑，好耍，我摘了好多槐花，给娭毑炒蛋。

海海做得事了，昨天搞了好多槐花回来，晚上炒了一堆碗，全让细满吃掉了。细满，你比海海大这么多，还是当叔叔的，好意思不。八十婶故意表扬海海，却把细满给说得脸通红。

海海肯定吃了桐油籽，我听见他跟建伢子讲话了，建伢子讲不能吃，海海跟他争辩说吃得。桐油籽根本不能吃，吃了会作呕。细满不服，索性揭发海海。

海海还是不响。八十婶轻轻敲了细满一栗壳，白了他一眼示意他少说话。

不要紧，反正现在海海退烧了。海海，桂伯伯晓得桐油籽最香了，闻到这个香气，哪个细伢子都会掉口水，这没什么不好意思的，桂伯伯就是好奇，想晓得那到底是个什么味道。桂医生声音柔和，让海海放松下来。

喷香的，跟炒花生差不多，我只吃了两粒……海海声音小了下去，他也意识到自己闯了祸。

是吧是吧，我就晓得！细满高兴地拍手叫道，又被八十婶轻轻一栗壳敲过去，不响了。

桂医生让海海伸手给他把脉，心跳现在正常了，又翻起海海的眼皮看看，这才放心地跟八十婶说，目前看呢是没有问题了，但是这个桐油籽是有毒的，如果被人误食了，两个小时左右就会出现中毒症状，也有四小时出状况的，主要表现为恶心、呕吐，严重的会腹痛、昏迷、发烧，再严重的就要到医院救治了。像海海这样突然半夜发高烧，还伴随干呕，这都是症状。万幸的是情况不严重，证明海海吃得不多。

海海听桂医生说桐油籽真的有毒，吓呆了，撇了嘴又要哭。桂医生忙又安慰他，海海，没事了啊，不过呢以后绝对不能再碰桐油籽，这个东西榨出来的油不是给人吃的，记住啊。你这次发这么高的高烧，这就是中毒反应，我再给你开点中药，让娭毑回去煎了让你吃几天，一定要准时吃药，不然这个毒性还在你的身体里。你看，你把你娭毑吓死。

海海使劲点头。细满也认真地听着。

桂医生写了方子，交代八十婶把每天的米汤都留着，尽量浓稠一点，让海海多喝，这次多少会对胃黏膜造成伤害，要慢慢调理。这两天仔细观察，有任何问题马上过来，桂医生说，如果还有呕吐的现象，就用拖拉机把海海送到县里医院。

八十婶这回真是吓得不轻，她在回家的路上一路跟细满讲,你要看顾好海海,这是你大哥大嫂交代的任务,你做叔叔的什么都不管,还让隔壁的建伢子带他耍,建伢子也是一个细伢子,他七不懂八不懂,你一个读了书的小学生,可不能再做这样的蠢事了。

八十医生

这辈子开方无数，正式当郎中开的第一帖方子，八十始终都记得。

来看诊的是个年轻的媳妇，愁眉苦脸像是藏有满肚子委屈，由麻利的婆婆带过来。精瘦矮小的婆婆唠唠叨叨尽是怨言，说这媳妇过门几年了，一直没有怀上细伢子，为这事婆家准备开家庭会议讨论是不是休了她。

年轻媳妇的娘家不服气，说是在娘家养得好好的，到婆家来当牛做马没有好饮食，庄稼不施肥还会瘪了谷，女子人身体垮了哪里还能怀细伢子？两家人闹得不可开交，本家祠堂里的大人出面调停，才暂时熄了火。婆家答应带媳妇看医生，但是这也有个期限，一年里面不见效，要趁早做决断，因为家里是一苗独传，儿子年纪也不小了，再抱不到下一代，这家人家就要绝后，怎么对祖先交代？

八十出生的时候家里还住梅号，因为是大姓人家，子弟中又有几户发达了的，同姓宗族就建起了祠堂。最热闹的时节就数每年新春祭祖的这天，四面八方凡是这个祠堂上敬奉的先人所繁衍出来的后代，正式祭祀这一天之前一定赶赴回各家，做好祭拜的种种准备。当时乡人之间也暗暗较劲，豪门大户人家自是不在话下，但是要讲气势，还是那些人丁兴旺的人家有底气，供奉的祭品排出长龙，比起人丁稀松供品金贵的大户人家，大姓人家一年中就数这天最扬眉吐气，可供乡邻挑指谈论大半年。所以乡里人都要生儿子，一个家庭有几个壮实争气的儿子撑腰，那比家财万贯还体面，爷老子在人前讲话底气足得很。

不孝有三，无后为大。这句话在乡里就跟打雷一样响亮，道理一箩筐也不如这句话有威慑力。

郎中不对家事评头论足，八十不接那婆婆的话，诊案上放个小枕，他示意媳妇把手放上来，半闭起眼睛专心号脉。婆婆自知不能打扰，声音慢慢小下去，但是眼神里满是巨大的疑虑。八十这时也才二十四五岁，因为德祖公不让他从事农活，细皮嫩肉完全一副书生模样，比实际年龄还要后生。

老医师这时走到八十身后，手捻胡须静静观着，婆婆的嘴刚微张似又要诉苦，老医师摇头，手指也在嘴前摇了摇，婆婆就把要说的话吞回去。药剂师举了一张方子过来向老医师讨教，老医师跟了他去百子柜那边。

八十号脉完毕，又叫媳妇伸舌。好，好。八十仔细看，眼里蓄着笑意。

接下来八十问那媳妇，三餐饭还正常？大小便怎么样？月事见红多少？媳妇一一作答，说是别的都还正常，就是每次月经前后总会头痛，有时候痛得不得了，还会打呕，把头餐吃的东西呕个精光。

听了这些，那当婆婆的又在一边撇嘴，女子人都差不多，没有几个来这个事的时候会舒服。你就是娇气。

八十又让媳妇躺到诊室一处布帘后的小床上，他告诉那当婆婆的，要按一按媳妇的小腹，检查一下是不是有瘤块。婆婆没作声。八十去到帘后，婆婆也跟过去看。还好，八十按下的那些部位并无异样，于是心里就有数了。

完成望闻问切这些规定动作，八十在药笺上写起来，写一条默一下神，一碗茶的工夫，那张小小的药笺就写满了草药名。

你家媳妇先要解决这个气血不通的问题，平时不要喝生水，洗脚洗澡一律要用热水。我开的这个方子你回去煎了先吃两个疗程，吃完了再来我这里，还要跟她换一次药方。八十向婆婆仔细交代。

老医师过来，当婆婆的赶紧把药笺递过去，这位老医师，请你老人家再把下关吧，帮我们看看，不要下错了方子，我是只怕出事。她娘家那边弟兄三四，我惹不起。

老医师接过八十开的方子，认真查阅，边看边点头。嗯，不错不错，八十虽说还是新手，但这出手的方子却是相当老道，有新思路，敢于打破常规。没有问题，你们快些捡了药回去煎起来，就按八十所说，吃好两个疗程再回来换方子。

还有，请你儿子哪天也来一下，我帮他也看看。八十又加一句。

我儿子？他身体好得很，挑两百斤米可以飞跑，一顿吃得三大碗，他要看什么郎中？婆婆眼睛瞪得溜圆，本来对八十就不信任，听说要让儿子过来看看，这言下之意还怀疑自己儿子有问题？当婆婆的差点推翻八十前面的方案。不行，老医师，还是请你老人家帮个忙，再帮我媳妇把把脉吧。

要我看我也是这个治疗法子，看病又讲不得客气，如果是你儿子有问题，你抓了你媳妇治来治去，那也不过是白忙。怀细伢子这件事，本来就是要靠夫妻搭伙，哪有一个人把这件事搞成气候的？老医师斩钉截铁地说。

老医师的权威毕竟摆在这里，听老医师都这么说了，当婆婆的不再违拗，约了个时间让儿子来看诊。

这个儿子怕热，一年四季有三季喜欢打赤脚，还喜欢喝生水，图痛快，水缸的水舀出来就喝。被他娘带了来八十这里看诊的时候，也是光着一双脚，有两个脚指甲都翻起来了，也不当回事。八十顿时心里有数，例行的望闻问切一样不少，又一一询问生活起居、饮食习惯，就开始写方子。方子写好，请当儿子的喝口热茶，儿子摇头说从来不喝热水，八十觉得有必要跟他交代一番，重点就放在他那双光脚上。

如今也是文明社会了，虽说庄户人天天跟泥土打交道，还是应该养成穿鞋袜的好习惯。脚板上的穴位很多，都是要紧的，通心通肾通脑，你真的要想认认真真生个细伢子，先要把自己的双脚保护好。八十说话慢条斯理，声音柔和，让人没有脾气。

婆婆和儿子头一次听到这么新鲜的讲法，婆婆不服气，我们庄户人哪里有这么精细？忙起农活来起早贪黑，哪顾得上穿什么鞋袜。

不要看你表面上是年轻力壮的样子，你现在寒湿很重，这对你的肾脏都是累赘。男子人什么最要紧？肾为先天之宝，孕育生命的精华都要指望它。你一年有三季都打赤脚，地上湿气直接通过脚底穴位侵害你的肾脏。你屋里堂客怀不上细伢子，我看有四分之三的可能性是在于你这方面的原因。八十这时语气有所凝重，这天老医师正巧被一个豪绅请去出诊，不在这里，八十却并没有因此而迟疑怯场。

真是你讲的这样吗？当婆婆的将信将疑。

中医讲究的是头痛医脚，你先按我说的回去试试看，每天用滚烫的热水泡脚，泡出汗都没关系。第二点，鞋袜一定要穿好才下地，最好套双套鞋。还有，从今以后不喝水缸里的生水，尽量喝煮开过的水，然后把我开给你的方子煎好，每天定时定量喝下去。服药期间不要吃辛辣油腻的食物，这件事情你做娘的一定要管好。八十其实不想说打包票的话，但又想打破他母子的疑虑，就特意加上一句，你这样坚持一段时间，肯定能让你堂客怀上细伢子。

也许是这句话起了作用，那个婆婆像吃下秤砣，铁了心决定按照八十医生讲的做，回去就天天督促小两口吃药、泡脚、穿鞋袜等等。这样约摸过了三个来月，这户人家就传来好消息，媳妇有了身孕。再过去十个月，这家人添了个胖小子，当婆婆的喜洋洋拉了亲家到竹溪来送红蛋，特意包了红包封，进门前还放了一挂千响炮竹，招得乡邻都来看热闹。

从此，竹溪的八十医生出了名，来求医问诊的一时间络绎不绝。

平师傅杀猪

乡村职业中，单说杀年猪这件事，本身足具仪式感。

日子慢慢过得像样起来，那得说是八十年代中后期。各家菜地里有了青红紫绿的色彩，瓜棚搭得一层层，吊得高高的是丝瓜，苦瓜、冬瓜、豆角挂在专有的棚架上，红薯田绿油油的，连带着猪食也变丰富了。

猪栏里多的时候养两三头猪，祭祖选中的猪必须是经过精心饲养，饲料粗精搭配，所有的菜叶要剁切细，煮好的猪潲里抓上几把糠粉搅拌进去，猪吃起来就有了嚼头。如果猪潲当天没有吃完，不留到第二天，盛出来丢给一般的家猪家狗吃了。猪养足一年，中间还得确保不让传染上瘟病，等到膀壮腰圆，光听那叫声就知道它精气神十足，要膘有膘要油有油，肥腻的板油榨出来香飘十里，油渣洒点盐花就能吃。

杀猪的平师傅是需要事主上门请的，他做这一行非常有经验，一般要提前几个月跟他预约。来到办事的主家，平师傅头一天晚上把刀子磨得又快又亮，还得烧香拜一拜这一行的祖师爷。几个徒弟很快地在空地上拌起黄泥，砌土砖搭起烧火的土灶，一把磨得锃亮的杀猪刀，一口巨大的铁锅，一张老木头做的长板凳，一个结实的大脚盆，一捆粗麻绳，这些是杀猪师傅的重要行头。

快刀斩乱麻，说的是不能让这种祭祀猪断气的过程拖得太久，必须一刀见血，底下接个大脚盆，热气腾腾的猪血汩汩而下一口气流个干净。要是手下稍一哆嗦迟疑，杀猪杀个半死不活的，还让它乱挣扎滚翻长凳，那这户人家基本一年没有好日子过，杀猪师傅也只拿得到一半的工钱。为什么？这证明猪身上煞气太重，师傅没把它给镇住。所以在下刀子之前，师傅一般会烧些黄纸，嘴里咕噜几句，再低下身子，好声好气地与捆绑在长板凳上嗷嗷怪叫的猪附耳打商量，说的什么，只有他自己知道。当然，他在退休之前会秘传给自己选中的徒弟，然后再由徒弟一代代单口传下去。每一行有每一行的规矩，这都要靠学徒时候自己琢磨，要不说行行出状元。

平师傅接过徒弟递过来的一海碗白酒，吸上一口扑地喷在快刀上，一仰脖把碗里剩下的白酒喝个底朝天，手举过头顶将海碗使劲砸向地面，咣当一声，海碗摔得碎成几片。那绑在长板凳上的猪说也奇怪，平师傅跟它说的几句话似乎起了作用，这时相当安静，停止惨叫和挣扎，像是要睡着了，偶尔发出一两声哼哼。只见平师傅手起刀进，暗红的血像瀑布似的奔涌而出，几个壮汉赶紧按住那头猪，让脚盆对准血流出的位置，只半袋烟功夫就接了满满一脚盆血。

哦哦，这头猪不得了，做得一大盆好猪血豆腐。围观的乡邻啧啧称奇。猪血流干净了，徒弟把事先准备的盐洒进脚盆，再用温水调和，让猪血沉淀，之后，把凝结的猪血放开水里过一下，再用刀划成块状。

徒弟在处理猪血豆腐的时候，平师傅这时还要露一手绝活，他用力在猪脚跟割个口子，嘴凑近刀口吹气进去，一大口一大口地吹，直到把板凳上的猪吹得像个气球一样膨胀起来。另一个徒弟端来事先烧好的热水，用热水将那头猪的身子涮干净，再用滚烫的开水全身淋一遍，打开毛囊，为的是刮猪毛更顺畅些。细心点的师傅还会用烤红的火钳把猪蹄上角角落落的小杂毛给烫掉，皮脂的焦香滋地一声飘到空气中。

杀猪的平师傅有一大嗜好，主人家不要的猪下水他都收了。猪大肠那是下酒的好料，他亲自看徒弟洗，先是把长串的肠子从里到外翻转来，在清水里荡洗干净，第二遍用盐抓搓，从头到尾一寸不落抓搓到，大肠这种器官藏污纳垢，只要有一点没处理干净，吃起来严重影响口感，还产生不洁的联想。小徒弟一双手冻得通红，在师傅的监督下老老实实地用盐搓洗猪肠子，换了几次清水清洗，才听平师傅说声可以了。

　　小徒弟也多少会从师傅那里分得一点好处，要么是一堆剔了肉的筒子骨，要么一小段猪肠，总是不会让他空手回去。猪肝、腰花这些东西，即使碰到主人家嫌腥气不要，也只能留给师傅。除非平师傅最近业务火爆，猪下水多得实在吃不过来，小徒弟也能沾光吃到爆炒猪肝或醋熘腰花。平师傅也不是全留给自家吃，家里老婆守屋，又没有生细伢子，吃不过来，就卖给有需要的人家，也多挣两个钱。

　　逢年过节之前的一个月平师傅最忙，有些懂规矩的早早就预约了，排队一直排到腊月二十八，还有两天过大年，平师傅留了私心，给最铁的关系户。八十婶家里要杀年猪，一般都会被平师傅安排在过年前的一天。平师傅他老娘的风湿是八十先生看好的，他这是还这份人情。

　　有年来帮八十婶家杀年猪，八十婶有忙不完的家务事，叮嘱细满外面看顾着点，师傅没有茶水了帮着倒茶，师傅缺什么了，帮着搭把手递个东西。细满开了春就进入小学三年级下学期了，学习成绩轻轻松松考第一，这学期又评上了学习积极分子，跨踌满志的,听娘的话,拿出小主人利利索索的劲头,留心观察着平师傅的一举一动,平师傅很是喜欢。

几个村里出了名的浪荡汉子跟那些闻到腥臊就盘过来的蚊蝇一样,哪里有响动就往哪里挤,还会见缝插针地刮点油水。听说细满家杀猪,这几个人也噙了过来,趁平师傅抽烟歇气的功夫,就打趣细满调口味,问细满敢不敢跟平师傅打赌,看哪个心算能力强。他们鼓动平师傅跟读小学的细满比心算,由这几个看热闹的闲人出题。

平师傅只顾抽烟,眼睛看着细满的反应。这细满自认为珠算口诀背得滚瓜熟,只要在心里默默拨动假想中的算盘珠子,三下五除二、四去六进一,这有什么难的。又听说杀猪的平师傅连学校门都没进过,就不把他放在眼里。

哪晓得,闲人们出题刁钻,尽拣些几钱几两带小数点的,一道题才出来,平师傅眼睛都不眨就回答出来了。见细满听得汗珠子直冒,平师傅故意放慢速度,先让细满答题,细满心里的算盘珠子早就滚落得稀散一地,他张口结舌答不上来。闲人们就起哄,算错一道就让一个腰花,要么猪脚、猪肺也可以。闲人们等在这里原就是打算捞好处，八十婶在屋里听到，举着扫帚就冲出来，大人子欺负细伢子，好意思啊，俺细满才几岁，你们拿这几钱几两的题目难为他！

几个闲人嬉笑着一哄而散。八十婶怕平师傅误会，换了语气，平师傅，你莫上那些人的当，那都是些化孙子，不学好。平师傅笑笑又叹气，唉，我是没有条件读书，要是爷老子有钱送我上学，如今也不会操持这个营生。细满你莫不好意思，小数点后面两位数对你来讲是难了一点，我大人子不跟你细伢子耍心眼，真的，你这不算输，啊。八十婶，你屋里细满是聪明伢子，将来肯定上大学，吃国家粮。八十婶听得眉开眼笑。你讲得好，他能吃上农业社的粮就不错了。

平师傅帮八十婶杀好年猪，猪蹄、猪腰、猪肝全归了他，那几个起哄的闲人啥也没捞到。

平师傅还接些劁猪的活。农村里家家户户大多都养猪，劁猪是一门谋生的好手艺，从事这一行业的一般都是像平师傅这样的杀猪师傅。平师傅年轻的时候专门去拜师学了这门手艺，也是因为家里穷得实在没有别的生路，仗着年轻胆子大，脑瓜子灵活，又有一身好力气，很快就学会了师傅那一套杀猪劁猪的绝活。

劁猪是一种古老职业，在东汉就有了，七十二行中也有这行，据说跟神医华佗能扯上关系。劁猪的工具极其简单，一把约五寸长的劁刀，外形像枪尖，刀尖菱形，两边开刃。另外就是一根缝合用的针。劁猪匠扛一副挑子，靠一把劁猪刀子，走遍乡里，吃的是百家饭。

从前的农村人，过年前把猪宰了，大部分猪肉拿去镇上卖几个钱，自己家留下少部分肉到过年时吃。而为了让猪快速生长，会专门请劁猪匠给猪做绝育手术。老话说，猪不劁不胖。就是说，没劁过的猪，吃的食物再多，也没有转化为膘，它吃的东西转化为繁殖能力，消耗量太大，自然胖不起来。

还有句老话说，猪不劁心不静。要是劁了就不一样了，春天不躁动，夏天也是吃了就睡，看得懂的，一眼就能辨认出动过劁刀的猪。

干这一行的，虽然受村民欢迎，但是背地里却也备受讥讽，农村人诅咒别人最为恶毒的话就是断子绝孙，村民一边嘴里说着感激的话送干完活的劁猪师傅出门，一边在脑子里替这师傅叹息，这个营生真不是一般人干的。

平师傅学徒之前，被大家称为平伢儿，他爷老子领了去妙泉拜师，师傅问平伢儿的爷老子，对了媳妇没有？爷老子答，对是对了，还没圆房。师傅就打发他父子，快点先回去办了酒圆好房再来。爷老子没搞清路数，以为这是必经环节，就真的回家给平师傅办了酒圆了房，过了半年才带着平师傅重新登门拜师学艺。

师傅又问，媳妇肚子大了不？

爷老子这才品出一点滋味，连问什么道理。师傅叹声气，说，你到我屋里都看到了，我只有一个孤老婆子守了我，已经是这把年纪了，也没办法改行，这辈子到头来就落个赤条条来去无牵挂。你屋里崽要不要过这样的日子？心里不慌你就让他跟我学这门手艺，要是发慌，你趁早领回去，将来还有人喊你一声祖宗。

师傅跟爷老子聊得透彻，师傅的婆娘从灶屋里喜滋滋奔出来，哎呀，你屋里这个后生子不错不错，我猪栏里养的这头母猪下崽十几天没有出奶，后生子三下两下不晓得用了什么法子，那一窝猪崽总算是吃上奶了，快点收了这个徒弟，一看就是个开窍脑壳。

爷老子忙随了师傅到猪栏，平伢儿逗一窝猪崽耍得正起劲，刚出奶的母猪此时心满意足地哼哼，看着猪崽子们跟平伢儿耍。爷老子心里打了下算盘，屋里还有两个儿子，不担心将来无后。就认真问平伢儿，你打算跟师傅好好学手艺不？

平伢儿想也没多想，高高兴兴地点头，我要学手艺，我保证搞得定这些猪，你看，它们几多听话。爷老子看看师傅，师傅也看看爷老子，没再说什么。

点了香，行了叩拜大礼，平伢儿就正式跟师傅学手艺。三年萝卜干饭，从学徒做起。天亮以前赶到师傅家把菜园子浇好水，门前屋后打扫干净。师傅去别人家干活，平伢儿背起工具打下手，什么杂活都抢了做，起早贪黑，手脚不停。

平伢儿记性好学得快，师傅没有什么多话，活都在手上，只要认真看认真记，自己琢磨这其中的道理。师傅收过几个徒弟，有个把出了师的，在湘潭那边业务做得不错，逢年过节会托人搭个包封或者带点礼物过来。大多数学徒吃不了苦，半道打了退堂鼓，仍旧回去种地。

终于等到有机会实际操作，平伢儿已经不再是那个对什么都兴趣盎然的青年，他的注意力都被这门手艺牢牢吸引了。媳妇这年肚子也大了，再有个把月就要临盆。

师傅的一个老客户请师傅去家里杀年猪，平伢儿一早就去接师傅，师娘开的门，说师傅还没有起床，昨晚咳了一整晚，凌晨才喝了点药睡过去。要么你去带个口信，就讲师傅今天来不了，过两天身体恢复点力气再来。师娘交代平伢儿。

客户家里早就开始张罗这天的场合，把土灶也搭好了，大锅的水装得满满的，猪栏还贴了红纸。一切具备，就等师傅过来。平伢儿刚开口想说师傅生病来不了，那家主人却热情地递了纸烟上来。平师傅来啦，一直听你师傅夸你，不错不错，干这行就要你这样的年轻汉子。

平伢儿头一趟听别人尊称自己为师傅，血一下子上来，脸红到脖子，心里却是得意得不行。他其实还没学会吸纸烟，这时哪里肯露怯，一把接过，主人点火，他皱了眉头把含在嘴里的纸烟凑上去，使劲吸一口，那烟丝是新焙的，带着浓烈的气息划过口腔直冲脑门，新奇的刺激使得鼻腔喉管都为之慌乱，剧烈的咳嗽把平伢儿震得眼冒金星。为掩饰缺乏经验的幼稚，平伢儿吸了一口痰，狠狠吐出。

猪在哪里？平伢儿故作镇静地问。

那头待宰的年猪早已被五花大绑，在猪栏等候。

五六个壮汉在平伢儿的指挥下，七手八脚把膘肥体壮的年猪扛到院子里土灶边的杀猪凳上，主人开始点火添柴，也许是感受到火的温度，那猪开始嚎叫挣扎，壮汉们把它强按住，加了一根粗绳捆定在宽矮的长板凳上。

灶火越烧越旺，锅里的水汽漫出来，猪的嚎叫变成反抗的惨叫。平伢儿借着磨刀平定情绪，师娘让带的口信已经给丢到竹溪里，他思忖着，一旦应承下来可就开弓没有回头箭。这么一想，汗水就冒上额头。

天塌下来也管不了了，今天就把这职业生涯的第一刀送给这头肥猪。

新手平伢儿随即专心与年猪展开较量。他握着磨得锃亮的刀走向那头年猪，一刀下去，年猪痛得弹跳起来，奋力挣脱与板凳相连的粗麻绳，四蹄的绑绳也被挣开，它在院子里发了疯似的嚎叫狂奔，见人就用头撞，脖颈处一汩汩热血从刀口不停地往外冒。几个壮汉子这时候都慌了神，平伢儿盯着这头从屠刀下逃出来的猪，平日从师傅那里看到的听到的，像烧煳的稀饭一样，把脑子搅成一片空白。

众人围堵下，那渐渐乏力的年猪重新被五花大绑上了板凳。

有烧酒不？平伢儿问。户主诧异，见平伢儿红了眼睛，赶快叫堂客把准备过年喝的谷烧酒拿出来。平伢儿说要借主人家八仙桌、海碗一用，主人看他这神情，亲自从堂屋把桌子搬出来。平伢儿从工具袋里取出香、烛，点好，接过那缸才开封的谷烧，将海碗倒满。他端了谷烧走到猪前单腿跪下，凑近猪耳，不知耳语了什么，众人呆看，那猪仍是嚎叫，像是不服。

壮汉们怀疑地看着这杀猪的后生子，他行不行啊？要不还是请他师傅过来吧。

平伢儿端酒起身到八仙桌前，对天地一拜，一仰脖喝下谷烧，海碗举过头顶，哐当，那碗摔成几片。他狠狠地咬着下唇，重新提起刀一步步朝着痛苦嚎叫的猪走去。

后面的流程完全按照师傅所教，每一步干净利索，围观的壮汉打消了先前的疑惑，静静在边上看平伢儿忙碌，时不时帮忙搭把手。

这几乎失败的杀猪体验，太过惨烈。接受众人注目礼的时候，平伢儿内心很是后怕。

也是这天，媳妇早产，婴儿成了一团血肉模糊的东西。

平伢儿从此变成大家眼里的平师傅，那个走村串户冷血心硬的杀猪汉子。

时过境迁，城镇化一点点将农村的土地蚕食，年轻人不满足于闭塞偏僻的乡村，纷纷背着行囊出外闯荡。农村养殖规模化之后，养猪的人家也就越来越少，杀猪这个工种也就失去了作用。

屠宰这个职业，跟很多古老的乡村职业一样，逐渐消失在日常生活中。

伙夫陈正道

前冲湾的山比较高,那里是竹溪细伢子的聚宝盆,山上一年四季什么好吃的都找得到,茄巴粒子、冷饭坨、秤砣子、毛栗子、尖栗子、乌苞、蛇苞、绊根子草,品种繁多,十个手指都数不过来。

有一种学名叫乌饭,细伢子叫它羊屎饭的果子,打霜之后,果实呈紫乌色,藏在树丛里,一捋可以捋出一把。将干枯的树叶吹去,直接往嘴里一塞,果实微甜,水分不是很多,却有满满的饱腹感。

还有一种叫鸡脚枣子的野果,顶上的小果不能吃,细壮的果柄歪歪扭扭像小青虫,酸涩略带沁甜。

鸡脚枣子长在向阳的山坡上，最美味的时候是在打霜之后。

开春以后，茶树上有的果子不成型，长着长着变成了中间空的茶苞，茶苞果肉特别厚实，松脆沁甜很是爽口。

没有经验的细伢子分不清蛇泡和茅莓，光凭长相很难区分，这两种野果都长在池塘或田基旁，比野草莓小，鲜红得可爱。不同的是，蛇泡上会有一层淡白色的黏液，据说是毒蛇吐在上面的，大人常叮嘱细伢子不要碰它。大点的小孩常常拿它骗小小孩干活，若是被家里人晓得了，脑袋上免不了一顿结实的栗壳子。

去山上放牛打柴的少年，总会在干正事之余采摘许多野果，把衣袋塞得鼓鼓囊囊，等歇下来的时候，找一处顺风山坡，从袋中一抓一把塞进口里，咀嚼那一点点的甘甜，骗骗饥饿的肚子，活跃一下枯燥的味蕾。

那一年大热天，去县城里卖猪卖菜的人回来都说，街上到处张贴起了大幅标语，动员大家到集体食堂吃大锅饭，把家里的铁具捐献出来。

一般的竹溪农人家里，东西本来就少，用来煮猪潲的一口缺边旧铁锅，加上炒菜烧饭的锅子，这一大一小两口锅基本是标配。有人就叫起来，锅子都捐了，吃饭怎么办，莫不是像牛一样生吃干啃吗？堂客们哄笑，鬼扯腿的家伙，还生吃干啃，你呀，就饿死算了，省粮食。

生产队支书严肃地板起面孔，叫大家不要开玩笑，吃饭的问题会有集体食堂解决，到时候统一去大食堂吃，还省去了柴火，节省油盐开支，几多好的大好事。堂客们听得直鼓掌叫好，还省了我们女子人的操劳，我们头一个支持。

这帮蠢发叫的婆娘！在地质勘探队做过厨师的陈正道这时闷在一个角落抽卷烟，听了堂客们的聒噪，在心里狠狠骂了一句。

田里到了该播种的日子，却没有人急着播种，队上干部带着几个男子人开始在田里砸劣，围搭出来很多土炉子。一块块好好的田丘，像是变戏法一样，一夜间被像蘑菇一样冒出来的小土炉占据了。

竹溪老宅原是个四合院，有专用的积谷屋、牲畜棚，正厅、横厅，大小七八间起居室。最热闹的时期当属五十年代末六十年代初，前冲湾那边的人都挤过来住。队上要办集体食堂，八十医生家的积谷屋被队上征用，做了集体食堂。可以同时容纳两个组四十多户人家，上百号人在这个食堂里吃饭，热气腾腾的。

八十婶和同队的几个婆婆子带几个姑娘媳妇负责打杂，陈正道会炒菜，被大家推选出来当主厨。

陈正道晓得没办法推辞，只提了个要求，如果搞到后面蔬菜米粮供应不上了，巧媳妇难做无米之炊，到了那一工，他只能撂勺子不干了。老支书笑而不答，拍拍他肩膀，这件事先谈到这里，你先让集体食堂架场开火。

陈正道早年在地质勘探队做过事，他跟他爷老子学过点红案白案，自己也对厨艺感兴趣，在伙房做事最对他胃口，跟着勘探队也算是走南闯北见过些世面。

勘探队里的知识分子多，不工作的时候扯谈说书，陈正道半懂不懂地听了一点，慢慢也听了进去，晓得的东西比一般乡里人多。有年去湖北黄石西塞山探矿，知识分子说这里是"桃花流水鳜鱼肥"这首诗的发源地，一帮子人就对着山山水水感叹不已。

陈正道读书不多，私塾开过蒙，《三字经》《千字文》认得些字，这个什么桃花流水他在脑海里没有搜索到，但记住了鳜鱼。跟着那帮知识分子队员去实地看到了河水里的鳜鱼，口很大，鳞很细，鱼身青里透着黄，有一点点黑斑，肚腹发白。这种鱼背部隆起，像是憋了一肚子气，弓着身子随时要把这口气从肚子里吐出来。勘探队进驻西塞山大约个把月，来来回回在一条小河边经过，河里长了些荷花，有些小鱼小虾在宽宽的荷叶下活动。

伙夫陈正道就打起了鳜鱼的主意，有天还真让他碰上了。一条黑得发亮的鳜鱼不晓得是游得犯困了，还是因为身体过于肥硕，正停在一块岩石旁边喘气，只有尾巴偶尔摆动一两下，两只眼睛瞪得圆圆的，腮帮子一鼓一鼓换着气。陈正道又惊又喜，轻轻挪到水边，他知道，只要不发出声响，鱼是看不见他的。他兴奋得心脏怦怦直跳，觉得自己的心跳声都能在山里发出回声了。他使劲按住胸口，深呼吸，尽力平复内心的激动，以非常慢的速度接近水边的鱼，然后缓缓蹲身下去，基本到了与那条喘气的肥鱼四目对视的距离。陈正道憋住气，以极快的速度，伸出两只手死死卡住猝不及防的鳜鱼，肥壮的鱼儿想从这双手里挣脱，陈正道却把它从水里抓了上来，高高举起，往地上狠狠摔去，鳜鱼被摔昏死了。陈正道扯了几片荷叶，小心地包好鳜鱼，一路哼唱着小曲把它带回营地。

勘探队员们这天吃到了一顿异常鲜美的鳜鱼宴。陈正道把这条肥硕的鳜鱼做成了两道菜，一道是用鱼骨熬的番茄汤，一道是鱼片炒红辣椒丝，红红白白，清香扑鼻。

男子人在田里出工出力炼钢，女子人就轮流到集体食堂做事，八十婶和桂医生的娘还有村里几个婆婆嫂子，一到点就去食堂帮忙。之前没有开集体食堂的时候，村里只要有红白喜事，一般都会把陈正道请过去主厨掌勺。既然一切都属于集体的，当过伙夫的陈正道自然就应该成为集体食堂的炒菜师傅，社员都夸他炒的菜口味好。

炒菜师傅陈正道平时话不多，只要他开口，一句话就能点中穴位讲到根本。这个年头，一点肉腥味都闻不到，缺油少盐还掌的什么勺，煮猪潲一样，清水里燎一下，撒点盐就可以了。村民排着队来食堂吃饭，陈正道嘴里叨念，手脚飞快地燎菜，一脸的不痛快。

八十婶打下手切菜，桂医生的娘袁婆婆烧火，另几个年纪轻的堂客们端菜摆碗，把新炒出来的豆豉辣椒用桶装了抬到饭厅里，再用长炳木勺按分量往空碗里分，一小碗菜配二两米饭。

哎，十婆婆，你也多打点啰，这么少，你喂蚂蚁子呀？几个壮实的中年汉子一清早就起来烧灶炼钢，忙到中午十一二点，已经饿得前胸贴后背，看到年轻堂客往碗里装的那点可怜的饭菜，急得叫起来。

哪个是婆婆子？你饿昏头了吧。被喊作十婆婆的年轻婆娘才不过三十岁，听人把自己往老里喊很是不开心，举起木勺作势要打。那汉子也作势躲闪，晓得不能得罪婆娘们，多一勺少一勺，那还是很要紧的，要撑到傍晚，饭菜里油水又少得可怜，快点挤出笑脸拍婆娘们的马屁。

在食堂帮忙做事的婆婆子当中，有个跟了自家男人从湖北那边过来的婆婆子，男人姓胡，大家喊她胡婆婆，跟德祖婆差不多的年纪，身体胖，抬饭菜这种体力活她搭不得手，走两步就要喘。她讲湖北方言，有的话根本就听不懂，于是陈正道分配她择菜。

择菜这个活计原本不累，年轻堂客们从菜地摘回的菜，还有从各家各户菜园里收来的菜，按萝卜、白菜分类堆放在厨房空地上，胡婆婆把菜根、黄叶摘掉，分别放在各个簸箕里，就这点事，手脚快的三下两下就搞清楚了。胡婆婆眼睛不太好，择菜的时候像捉跳蚤一样，眯缝起眼睛，看得一帮年轻堂客着急。

这个时候已经开始记工分，生产队长派会计到食堂做工分管理员，同时管理买菜的现金。年轻堂客觉得这个胡婆婆简直是在磨洋工，这工分也挣得太容易了吧。年轻堂客到生产队长那里打小报告，八十婶听到了，就去劝说。你们年轻媳妇不晓得，老年人眼睛不好，她又是外地来的，想把事做仔细，她又不是故意要磨洋工，你让她多挣半个工分又有什么关系？到时候等你们老了就晓得了，力不从心呐。

年轻堂客们就不再啰嗦，得空也会帮着择菜。老支书是个一碗水端平的干部，只要社员没有起大的纠纷，他也乐得做好人，只当没听见。这个胡婆婆还帮家里挣了一些工分，村里婆婆子只听说湖北佬厉害，见这个胖胖的湖北婆婆子人还蛮忠厚，倒也不大欺负她。

在厨房做事的人都听从陈正道的调配。

没有人看到陈正道在集体食堂吃过饭，他抡完菜勺就闪到一旁抽烟去了，烟是自己卷的，不晓得哪里搞来的烟丝，用细伢子读书用的旧课本或者作业本裁的纸，卷一卷，舌头沿边一舔，就是一根纸烟。他有时候是坐在一张板凳上，边看社员们吃饭边抽烟，有时候是蹲在厨房的门框上，对着后面的菜园子抽烟，陈正道似乎炒菜就能把肚子炒饱了，饭后再来上这么一根烟，呷上一口老茶叶泡的浓茶，这就是他的一顿饭。偶尔不抽烟的时候，他会站在坪里看着远处正前方的前冲湾大山，像是考虑什么事。

从前，前冲湾的深山里出过豹子、虎、狼、四不像。后来日本人打进来，这边斗那边斗的，搞得山上的猛兽也失去耐心，不知道迁徙到哪方去了，独剩了几头四不像在山上乱转悠。这四不像长得不像猪不像马不像驴不像骡，但是又各个都沾点样子，所以有了这么个名字。四不像那个胆子还小得跟个麻雀一样，只要听到一点动静就炝蹄子瞎跑，方向也没有。

集体食堂刚开始的时候，热闹非凡，村里人高兴得天天像过年。吃集体的，有粮有油有菜，吃完嘴一抹，几多好。这样没搞多久，田里又不产粮，种自留地又有限制，一天一天坐吃山空，集体食堂基本就刨不出油水来了。

负责烧饭做菜的陈正道急得什么似的，他也不愿意真的走到巧妇难为无米之炊这一天，他就跑去开门见山地跟队长反映情况。支书呀，别的合作社食堂已经在提议忙时吃干，闲时吃稀了，竹溪这里是不是也学习一下？眼看着坐吃山空，春耕的时节也错过了，今年粮食肯定吃紧，仓库里的那点粮，从一座大山变成了一个小土包，只怕到时候填不饱这些劳动力的肚子。

陈正道一手指着竹溪前面的那几十丘田，夯土围造的一个个宝塔样的小土灶里冒出袅袅烟火，青壮年推的推土车，挑的挑柴担，在土灶边忙得热火朝天。

老支书抽的也是手卷纸烟，自留地有控制的使用以来，他存下的烟叶也是越来越少，一根纸烟要分几次抽完。他小心地吸了一口纸烟，眯缝起眼睛问，那你有什么办法不？

陈正道就跟分管食堂的支书出了个主意，说是可以减轻集体负担。老支书是个办事认真的人，听他讲了个开头，连忙拿笔记本出来记录，他认为这办法不错，但是必须跟上面再请示一下。陈正道所出的主意就是到前冲湾的山里围赶四不像。

大队支书很快就得到上面的回复，还口头表扬他肯动脑筋。支书兴冲冲把上面的精神带回村，将几个在山上挖水坝的男劳力都集中起来，又要陈正道跟他们具体讲一讲围赶四不像的步骤。陈正道沉吟片刻，说是要分几步走，先搞几个人敲家伙，敲得越响越好。等把四不像震出老巢就好办了，这个家伙最没有主心骨，一慌神就很容易束手就擒。

就在村里人还丈二和尚摸不着头脑的时候，没想到平时最听不到响动的胡家男子人先跳出来，说自己在湖北的时候搞过这个事。于是，每家每户拿出敲得出响声的家伙什，在胡家男子人的带动下，人们一起敲的敲脸盆，敲的敲木桩，还有的干脆拿着两件干农活的工具乒乒乓乓地敲，一群采茶的女子人也在坡上兴奋地为他们助威，噢哧噢哧地尖叫。

四不像哪见过这阵仗，它本来胆子就小得很，在突然而起的四面嘈杂声中，惊慌失措，像个没头苍蝇一样，瞪着两只呆傻的眼睛边嘶叫边东蹿西跳。围猎的人圈子越缩越小，眼看就到了四不像面前，这四不像不知哪里来了一股蛮力，蹭地一下，从一个矮个子身边穿过去，朝山底下没命地狂奔。山坡上的一些碎石本就没有什么根基，受惊的四不像踩在石头上，几乎是连滚带爬地从坡上滑下了山。哪晓得坡下还有一个鱼塘在等着它，这家伙一路翻滚，最后直接头冲水塘扑通一声扎了进去。

胡家男子人领着众人跑在最前面，一看四不像自己投进了池塘，他当下立住捧腹大笑，追赶的人群也停了下来一阵哄笑，看那头笨家伙在池塘里嘶叫沉浮。等到笑够了，众人不慌不忙地围到池塘边，两个会水的壮劳力下到池塘里，把还在瞎扑腾的四不像牵了上来。女子人说把它送到食堂交给陈正道处理吧，他知道该怎么办。大家又牵着这头湿淋淋的四不像到了食堂，陈正道连连摇头摆手，这不行这不行，我哪里处理过这个东西！等你们宰好了，我负责搞出味道还差不多。

大队支书发话，说这是一场集体的胜利，要给参加今天围赶四不像的人记功，凡是参加的都可以加几两肉。大家拍手称好。

还是那两个壮劳力有主意，说算了，陈师傅下不了手，我们去找平师傅把它给分了吧。于是这头浑身泥水的四不像又被牵到队上晒谷场，有人找到专门杀猪杀牛的平师傅，跟他谈个交易，等宰好了，把内脏还有几个蹄子都给他。平师傅倒也爽气，一口答应下来，三下五除二把四不像宰割了。

就这样胡家男子人分到不少腿肉，其余参加追赶的那几人也都各多分到一些肉。连续一个多星期，集体食堂锅子里重新有了油腥，村子里飘出一股肉香，这久违的肉香气，连村里的狗闻到也很是振奋了一阵子。有肉吃的日子，村里人气色也显得好了不少。

陈正道凭着他过去走南闯北的经验，带几个在集体食堂帮忙做事的女子人到前冲湾深山里翻找，被他找出一些的山珍野味，靠这又抵挡了一阵子。

集体食堂刚开始的时候，胡家女人怀上孩子了，夫妻俩和一个老人到热闹的食堂吃饭，眼睛不好的胡婆婆代替孕妇在食堂帮工，夫妻俩吃完嘴一抹走人，省事。全村人喜气洋洋。

集体食堂不管生产，后来补给物资有点青黄不接，孕妇此时又正是最要吃东西的时候，胡婆婆胆子小，是个讲规矩的人，从来不往家里偷拿东西。胡家的男子人就悄悄上山里掏鸟巢、捉野兔子。老兔子跳得快，被他捉到的是两只还在窝里嗷嗷待哺的小兔崽子，细皮嫩肉的，眼睛半张不张，就带回家先养起来再说。

不晓得是靠着鸟巢的蛋补充了营养，还是吸收能力确实比一般人好，胡家女子人肚子很快显山露水有了形状。养的小兔崽子也长出了毛，两只耳朵竖了起来，眼睛骨碌骨碌转，三瓣小兔唇窸窸窣窣啃着胡萝卜，长得圆滚滚的。胡家男人就琢磨着啥时炖一锅兔子肉，让女人肚子里的小生命长长筋骨。临到真要动手，胡家女人说什么也不肯杀了这小兔子，因为这兔子也是雌的，说不定等到再大点还能生一窝小小兔子出来。

那可怎么办？光这么养着也不是个事，菜园子里能刨出来吃的也不多，还要多供养这两张兔嘴，胡家男人说什么也不干。那就放生了吧，女人说。男人没办法，只得把两只小胖兔子扔到后山里去，扔得远远的，眼看着它们消失在树林里才放心回去。

胡家男人又想办法去河里捞小鱼小虾，去镇上屠宰场等猪下水，等食堂的剩菜。食堂这时节也剩不下什么，陈正道看这个外乡男子人老实，时不时会留点剩汤接济他。大人可以勒紧腰带熬过饥荒，肚子里的细毛毛不管呀，他得长大他得吸收母亲的养分，他此时的任务就是长成个人形。

胡家男人忙着到处找吃食糊弄他老婆儿子的嘴，

打鱼捞虾，上山挖地菜捡野菌子，间常打两只麻雀算是开荤腥。陈正道把食堂的淘米水留上一锅，每天送过来，教他们氽菜汤。

这件事被人打小报告，告到了大队长那里，大队长管着村里的民兵，一听这个就来脾气了。他大手一挥，这怎么行，都被他搞光了，村子里其余的人吃什么？

村支书说，村里目前也就他老胡家有孕妇，先尽了肚子里细毛毛的营养吧。队长脾气更大，他桌子一拍，眼睛一瞪，老支书，你是做好人，但是想过没有，村子里这点情况讲出去都是笑话，我们一个不大不小的竹溪村，谷仓里的米都见底了，大家都要到深山里刨食，集体食堂都快揭不开锅了，还管他一个细毛毛？不行，就到今天为止，我派人守住那几口塘，还有前冲湾大山，除了陈正道可以带人进山找野菜，别的人进山，我见一个抓一个，这次绝对不讲客气。

支书和队长各人肚子里憋了一股气，大队部气氛有点紧张。有社员慌里慌张进来报告，炼钢小组出了故障。支书和队长连忙跟着那个社员往外跑。

田里垒起来的小土炉上安了风箱，有的人从山里挖来老树根，先砍成一大块一大块烧成炭，炭烧得火红，再把收来的铁物件放上面烧，据说这就算开始冶炼了。一堆堆的老树根被化成炭，风箱呼啦啦地响不停，炉火红旺旺，可是铁物件只是变了点形，怎么也化不开，最后炭都化成了灰，小土炉严重开裂然后崩塌，社员们万分惊恐地看着黑泥和炭灰弹开来散落满地，抓耳挠腮想不出个道道。

　　过来看热闹的人群里，陈正道冷不丁说了句，只怕不是这么个弄法吧，炼钢又不是烧菜，要用耐火材料做这个炉子，你们又没有一个人懂得炼钢技术，别在这里瞎浪费了，几多好的生铁锅，硬生生被搞成烂豆腐渣了！

　　老支书也隐约觉得这么个做法可能搞不成器，又怕陈正道说得太多动摇生产，忙冲他摇摇手，叫大家把烧得走了形的铁疙瘩都收拢来，至于后来这些怪物派了什么用场，也没有人去打听了。

　　队长见村里大部分人都在了，就抬高声音发话，社员同志们，有件事我正好在这里宣布一下啊，从今天起，山里塘里都不允许擅自进去，尤其不许采摘野菜，打鱼捞虾，这些事情只有陈正道可以带人做。我丑话讲在前，我会派人据守，要是不小心被抓到了，那到时候就别怪我不讲乡亲情面，因为什么？眼下生产大事要抓，要保障所有劳动力吃得上饭菜，集体食堂不能开不出火，大锅里不能没有粮食。你们都听明白没有？唉？

众人听大队长这么一说，一片哗然，啊？山里的野味又不是队里的，几时要归你们管了？

见大家情绪波动，老支书抬起双手，好了好了，社员同志们，大家要顾全大局，个别意见我们私下里再沟通，炼钢任务非常紧迫，大家不要影响团结。好了好了，先散了吧。

队长年轻，最看不得这样不讲原则的和事佬做法，当即就开始点名分配任务，张三守山李四守塘，众人都听得清清楚楚。

洪家的人原本还琢磨今年是不是还往胡家的韭菜地里点豆子，自从铁锅捐出去后，也不用考虑烧饭炒菜了，盘算着菜园里种点苎麻就可以了。但是搞不明白为什么又不许大家种自留地，家里的地管自己几个人吃也是够的。听队长这意思，要封山封塘，洪家人又想，旧年存下的种子还有一些，夜里还是要去点一些豆子，要不真的没有吃的了。

八十的娘，也就是德祖婆，她七十九岁这年得了眩昏症。这天在灶下帮忙添柴烧火时昏倒，八十妯和另外几个婆婆子把她抬到床上，才喂下去两口水，就没有声音了。

陈正道赶紧让腿脚快年纪轻的人到王家屋场的卫生院把八十喊回来，特意交代说就跟八十讲，他娘有点不对劲。

接到这个消息，八十带上出诊的行头，还特别到注射室配了点葡萄糖注射液，就急急忙往回赶。八十回到竹溪，众人七嘴八舌向他讲述德祖婆婆病倒前的情景，陈正道忙把旁杂人等赶了出去，领他到卧房床前，房里只留下八十家里几个。八十翻看病人瞳孔，把脉，又用听筒在娘胸口听，摇头，跪了下去，泪流不止。

德祖婆婆死时全身浮肿，腿上按下去一按一个印子，半天不能回弹。这是营养不良的典型症状。

竹溪人家里有婚宴喜事，要请全村人来家里聚餐,叫吃酒。家里有白事,按习俗也要请村里的人来家里聚餐,俗称吃肉。村里人送礼,叫随份子,多少不等。家家都要碰上红白事,这种份子钱像流水一样,只是在事主家过过手,也就是一份心意。

九年之前,德祖公去世的那年,家里还有点积蓄,八十去置办了不少用品,加上梅号那边亲戚六证,还有逝者生前的江湖弟兄,送来的东西也不少,白事办得热闹风光。到了这个物资供应紧张的年头,办德祖婆的白事,要到哪里搞肉去?八十婶跟队上申请,也是看在他们把自家的积谷仓腾出来做集体食堂这点上,队上好不容易批下八斤肉。

全村的人来吃饭,八十婶自然要请陈正道帮忙。到底在江湖上行走多年见过世面,陈正道把这点肉烧出了花样。全村上十桌的人,快有一年没闻到肉腥了,这回伴了德祖婆的福,男女老少竟然都吃到肉了。

事后八十婶问陈正道,陈师傅你有能耐,这八斤肉到你手里,怎么就像变出了几十斤一样?陈正道不以为然,都是豆制品。我头些天在镇上多买了些豆腐干,这东西跟肉烧在一起,就沾了肉味。你晓得不，在江浙那一带，家里做白事请人吃饭就叫做吃豆腐饭。

八十婶要把买豆腐干的钱给陈正道，陈正道坚决拒收，说乡里乡亲，这是我的一点心意，德祖婶眼睛不好，都不肯休息，她在食堂里帮了我几多忙，是我没有照顾好她老人家。八十婶流泪不止，这哪里好怪罪你呀，人老了，营养跟不上，也是没有办法的事。

那三年，村上陆陆续续走了几个老人，有两个细伢子也落下终身残疾。

去山上找野味，或是到塘里捞鱼虾，总的来说没有侵犯社员的利益。老支书找大队长好好地聊了一次，两人方方面面理顺了气，决定召集全村开社员大会。支书打开队里的小喇叭喊话，请全村社员都来大队部，有点事情要传达。

已经到这一年年底了，家家户户该考虑过年的事情。粮食和钢铁的产量都翻了一番。老支书说这些的时候，脸上是无比高兴的表情。

坐在角落的陈正道在心里喊了一句，鬼扯淡。

他最清楚，集体食堂的粮仓里面只剩薄薄一层陈米了。

胡家男子人想争辩，他娘老子快点拉住，他就把头低下去。胡家女子人的肚子藏是藏不住了，她索性挺了挺肚子，意思是告诉大家，细毛毛这么大了，他早晚是要出来的，你们看在他的分上，就不要找我们麻烦了吧。

有两个社员嘴巴里骂骂咧咧说，哪个还不是从娘肚子里出来的，困难时期，这不能当作搞特殊化的理由，你也到塘里捞鱼虾，我也到山上搞野味，竹溪村的生产哪个来搞?

老支书笑眯眯地抬手在空气中按了按，好了好了，有事好商量啊，都是一个村的，就跟亲戚是一个意思。你们仔细想一想，今年全村是不是只有他胡家里一个孕妇?

大家这才互相瞅了瞅，也真的是奇了怪，这年还真只有他胡家里的堂客怀了细毛毛。几个过门不久的媳妇相互对了对眼神，又心领神会地摇头。

大队长一拍巴掌，好了，闲话少说，我跟大家宣布一下队上的新纪律，自留地要有限制地使用，什么意思呢？就是怕你们分散精力，只打自己的小算盘。但眼下到了关键时刻，让大家的肚子吃饱也确实是个大问题。我和老支书反复合计，要是上面问起来，这个责任我们两个担，我们的想法是，准备给每家每户配备一点红薯芋头毛豆种子，房前屋后，还有田基边上，你们可以栽种一点，这些东西不费工夫，容易结果，也为集体食堂增加一点储备。

社员们一听大队长这么说，都不由自主拍起了巴掌，紧张气氛一扫而空。

陈正道这天也参加了社员大会，他没有作声，只是卷了两根纸烟。等卷好了烟，点了一根含在嘴里，将另一根夹在耳朵后面，等散会了送给老支书抽。

集体食堂的后期，有社员多个心眼，吃饭时先去打一碗饭，吃到一半又再去盛满，那些稍晚一点到的可能就没有饭吃了，吃个半饱的汉子到田里出工，根本没有力气。

胡家细伢子出生时来了几个湖北亲戚，据他们说，外省有些村子里的集体食堂没有柴烧了，把桥拆了，还上山砍树。有些地方的食堂管理非常混乱，浪费、贪污现象时有发生。

湖北的亲戚回去后，竹溪的食堂还勉强维持了一阵子，后来也不知道什么时候，悄无声息地自动解散了。

大概在集体食堂解散之后的几年，县里食堂要招人，有个新上任的局长向机关里推荐陈正道，夸他烧得一手好菜。陈正道先是被请去试用了一个礼拜，果然得到机关工作人员的一致好评，就正式当起了机关食堂的厨房师傅，拿起了工资。

赞土地的科疯子

一到过年，最激动最高兴的要数村里的细伢子。大带小，结伴挨家挨户拜年讨糖粒子，嘴巴甜得像是抹了蜜糖，还在院门外就开始叫，过了热闹年啊，恭喜发财啊。主人像是早就等着，迎小客人进来，抓的抓瓜子，倒的倒茶。细伢子们张开口袋装瓜子花生，享受隆重招待。到八十婶家，除了到处吃得到的瓜子花生，还有小花片、牛奶糖、高粱饴。

拜年队伍从四蔸坡一路串过来，差不多有十几个细伢子，调皮的男孩子不时从口袋里掏出一两个响炮点燃，猛地往地上一扔，同行的女孩们被弄得胆战心惊，就一指塘角下方向，科疯子来了！趁男孩们惊慌打望时，女孩们赶紧跑开，要么钻进就近的人家，抢先一步说一套吉利话讨糖粒子，要么惦记回家帮娘老子烧饭，先回去了。

这个拿来吓唬细伢子的科疯子，就是厨师陈正道的小儿子，大名叫作陈科锋。这陈科锋小时候脑袋瓜子长得特别大，人也非常聪明，老师讲的他听一遍就晓得，后来竟然发展到老师刚开了个头，他就晓得老师后面要讲什么了，在课堂上总是抢着发言，好像跟老师比赛开讲一样。村里人就都说，你看，到底是厨师的儿子，食堂剩的包子馒头自然不在话下，只要碰上杀猪，那些不要的猪脑子猪下水甚至油渣子，厨房里的就私底下分了，油荤腥素哪样都不缺，从小吃得好，营养都钻到脑袋瓜子里去了。

陈科锋的爷老子陈正道真的是背了天大的冤枉。他们家里原来住在竹溪塘角下那边，他娘老子是妙泉嫁过来的，屋里只有一个独养女，陈科锋的外婆死后，房子留给了女儿，院子和菜园都宽绰，陈家就干脆举家搬到隔壁妙泉大队了。陈正道来竹溪集体食堂做事每天来回也要走好几里路，得花上个把钟头。从前在地质勘探队做事养成了习惯，单位流动性比较大，经常迁移，伙夫的行头就是那些锅碗瓢盆，条件好的时候会雇头驴马，碰到走绝壁高山，那只能手提肩挑，这让陈正道练就了一个好身板。同勘探队那些知识分子们混得久了，就跟他的名字一样，越来越走正道，知道礼义廉耻，犯规越界的事从来想都不想。

这个所谓的集体食堂，哪里有村里人想象的这么多油水。陈科锋有天也不知道什么急事，雷急火急跑来竹溪找他爷老子，见到陈正道，机关枪一样嘟嘟嘟说了一通。陈正道眼睛一瞪，说那你以后不要去学校了，把课本还给老师，就说是我讲的，屋里尽是事，没有时间读书。你跟你老师讲，反正我也不指望你当知识分子。

八十婶还没看到陈正道生过气，就来劝说。这是你屋里崽吧，长得好伶俐哦，有什么事好好讲，莫生气。

喊人，这是你八十婶。陈正道平复一下怒气，对儿子说。

八十婶，你老人家好啊。陈科锋笑眯眯地跟八十婶打招呼。我叫陈科锋，来跟我爷老子打商量。

哦陈科锋，你好好同你爷老子打商量，不要惹陈师傅生气。八十婶也笑。她喜欢这个机灵的小家伙，嘴巴甜，懂礼貌。这个细伢子聪明，不读书多么可惜，陈师傅不要讲气话。八十婶开始劝陈正道。

唉，我们这个年纪的人哪个不是从旧社会爬过来的，这我又没有办法，难不成让我躲在我娘肚子里，等世道改变了才生出来？我过去在旧社会的勘探队做事，做的又不是坏事，只是给人家煮饭烧菜，我哪里晓得这个勘探队是属于哪里管辖？你讲气人不，八十婶？陈正道摇头叹气。

老师讲要我爷老子写点材料交上去，主要是交代一下过去勘探都去过哪些地方，搞到过什么重要的东西。陈科锋从爷老子与八十婶的对话中判断出来，这个慈眉善目的八十婶跟爷老子是一边的，不会起反作用，于是把来意又说了一遍。

写什么交代材料，这不是把我当坏家伙对待了？我一个伙夫，有什么要交代的？无非是每天搞了什么菜放了多少油盐。我跟你讲，勘探队比这个集体食堂还不如，大多数情况下都在深山老林里搭帐篷，离镇上的集市很远，一般是路上搞到什么就吃什么，有时候一个礼拜沾不到油腥，作孽得很。你就这样去跟你们老师讲，他再要问，你就讲你爷老子不让你读书了。陈正道讲讲又要来气。

八十婶赶快打破僵局，拿出一个煮熟的红薯递过去。陈科锋，你头一次来八十婶这里，我也没有什么好招待，来，你吃个红薯。

陈科锋正好饿坏了，接过就吃，皮也没来得及剥。

陈正道敲了他一记栗壳，谢人没有？

谢谢八十婶，我要帮你做点事，我这就去帮你捡些柴火回来。陈科锋三下两下鼓眼一吞，一只热乎乎的红薯转眼就进了肚子。

还不等八十婶谢绝，陈科锋就一溜烟跑了出去。陈正道说，随他去，他一个细伢子做得了多大的事。

大概一袋烟的工夫，食堂的门口先是横进来两条长木板，接着是满头大汗的陈科锋，他用瘦小的肩膀扛了这两块朽木，艰难地跨过门槛。八十婶正和几个堂客们在摘菜，见状赶忙起身帮他卸下肩上的木板，果然是好重，不晓得这么个小家伙哪里来的力气。

八十婶拿湿毛巾让陈科锋把汗擦了，又倒了杯温水给他。快歇一下，你在哪里找来的这些木头？

前面我从妙泉过来，经过塘角下的时候，看到有一帮人在那边拆桥，一座好大的桥，那些拆下来的朽木头就摆在地上没人管，我就想，要是拿回来做柴烧几多好。陈科锋颇为得意地说。

听到这两块木板来自塘角下的老桥，八十婶愣了一下神，想起好久之前的事。他们一大家人从梅号搬来竹溪时，遵循旧时搬迁的习俗，须由家主婆带一名小男丁坐在一台两人抬的轿子里，不管路的远近都要这个跋山涉水的过程，山高水长倒不计较，只要翻过一座山蹚过一条河，都可以作数。塘角下那座老桥古色古香规模还不小，听老一辈的人讲，好像是以前哪个朝代的有钱乡绅捐建的。估计很早以前塘角下河水还比较充沛，旧时富裕的乡绅修路捐桥也是为了做善事，彰显回报乡里的心意。当年就是由德祖婆抱了还在襁褓的志刚坐在轿子里，选了这座桥走过去，又绕过屋后的那座小山，这样一来山和水算是都经过了，一家人才能踏踏实实安顿在竹溪的宅院里。

塘角下的河水是早已经干涸，只留了一个不算大的河塘，这座桥的作用已经不大。八十婶每次经过那边的四丘田都喜欢看一看那座桥，老桥就像一个经历过世事却仍旧温婉和顺的妇人，静静陪伴在河塘边，农人们忙到中时，会坐在桥上歇气吃茶，有时候还会横躺在桥上打个瞌睡。现在突然就拆了这座老桥，倒真应了老话说的过河拆桥，好不讲情面啊。

这时外面一阵吵闹，牌坊门廊外面不晓得从哪里聚集起来一些人，有几个竹溪人，还有几个没见过。

窃骨子就是进了这家，进去搜搜，肯定还在。有个外村人高叫，说着就要领人往屋里冲。本村的几个人制止道，先不要吵，这是八十医生家，我们先去问一声。

八十婶闻声出来，本村的那个人就问，打扰啊八十婶，适才有人告诉我们，看见一个小个子的窃骨子偷了两块木板进了你家，请问你有没有看见。

一听木板，八十婶心里一惊。哦，你们先不要急，你能告诉我前后原因不，这木板是做什么用的，是哪家人家的？

讲起来也不是值钱东西，是塘角下那座老桥上的，好多年了，有点摇摇晃晃，妙泉那边集体食堂要拆了做柴火用，那座桥有从前他们先人集过的资，说是仍旧拆了给妙泉用。本村人解释。

听了这话，八十婶心里有数了。这都是哪百年的旧黄历，先人集过的资，他们先人写过字据把后人不？你们这些人也是，外村人来拆竹溪的桥，你们倒还帮着拆，莫不是分了什么好处？大队上同意过没有？这座桥肯定也有竹溪先人集的资，我们集体食堂也缺柴火，是不是也应该分些过来？

八十婶一句一句都问在点子上，把同村人问得哑巴了，就回身冲另外几个人挥手，算了算了，你们回去吧，又不是什么值钱黄金。

妙泉人吹胡子瞪眼不服气，还想争吵，陈正道拎了把炒菜勺子蹿出来。哦，是你们这帮化孙子啊，在妙泉打牌赌钱不学好，丢人丢到竹溪来了，还好意思在这里吵！陈正道手里勺子上下挥舞，那帮人吓得不敢出声，赶紧撒腿跑了。

陈科锋这时大摇大摆跑到阶基上，冲着那些人的背影放声大笑。他不知道，跑路的几个人当中有人回头看到他了，就把陈科锋给认出来了。他一边在田基上跑一边跟同村的人讲，就是那个小家伙偷的木板，是他，陈正道屋里细崽，肯定是他。老子才不过去撒了泡尿，这狗屎的就来抽走两块最好的板子，哼，等他回妙泉，老子绝不放他过堂。

这边，陈正道正板起面孔教训儿子。你不学好样，跟这帮人抢东西，还好意思笑。陈科锋就不敢笑了。陈正道又拿出一张纸交给儿子，刚才我大概写了这些情况，我们屋里祖宗三代都是贫农，上面都写清楚了，我只会做伙夫，别的事都一窍不通。你去交给你老师，告诉他，如果还有不清白的地方，你叫他直接问我，我也可以找组织上开证明。

陈科锋拿了他爷老子写的这张纸，像捧了圣旨一样，兴高采烈地回去了。

忙完集体食堂的事，陈正道就收拾回家。过了塘角下就是妙泉大队的地盘，天色越来越黑，陈正道加紧步子赶路。迎面他大崽急惶惶往竹溪方向来，只顾着心事重重地低头走路，没有看到自己爷老子。

陈科亮，你这雷急火急的，做什么去？陈正道大喊一声。

陈科亮定眼一看正是自己爷老子，赶紧往回走了几步。爷老子啊，这陈科锋也不晓得又在外面惹了什么事，快到吃夜饭的时候，几个女子人找上门来，说陈科锋扯了她们家的毛豆秧子，她们的男子人也跟在后面叫喊，讲陈科锋这么小就不学好，一定要大人给句话。陈科锋才从河里洗冷水澡回来，身上还沾着泥沙，他急得跳脚争辩，那些人哪里肯听，都捆上来咬定陈科锋身上的泥迹就是证明，要捉到大队部审问。被这么一吵一吓，陈科锋突然翻白眼倒在地上打起摆子来。俺娘又是灌姜汤又是掐人中，都不起作用，到这时还是只有进气没有出气，爷老子你看是不是快请八十医生过去看看。

请八十医生哪里来得及，他这时在县里，打发人去把信，一来一回也要几个时辰，不如去请竹溪桂医生来看看。陈正道就一五一十交代儿子，先到八十婶那里，请她帮忙把桂医生请过来，他又一再叮嘱儿子，你要跟在八十婶边上不能让她有闪失，天晚了看不清路，等请到桂医生，你自己带他来家里。

交代完，陈正道火速往家里赶。

陈科锋当晚吃了桂医生的方子睡下，一夜无事。

妙泉人讲陈科锋这是患了失心疯，被邪神寻了，要去道观里烧香，再请人来做法事。于是他娘就去白马观请了道长，到家里来设神案做道场，道长还带了几个敲小锣的小道，几个人又敲又念的，香火袅袅罄锣声声，搞了三天三夜。陈科锋只是安静地沉睡在堂屋竹铺上不见醒来。

白马道长临走前对陈正道夫妇说，过一到两天，他自己会醒转，你们就照旧过日子，该吃吃该睡睡，不要再问他发生过什么事。邻居那边去求个情，以后不能再有这样的事发生。

说来也巧，也不知道是方子还是道场起了作用，陈科锋睡了两天真的自己醒转来，像是没事人一样，只喊饿。他娘赶快去厨房煎了两个荷包蛋，又盛了一碗早饭剩的粥，揲了一小碟子酱菜霉豆腐，陈科锋端起碗就大口大口吃起来，风卷残云一样把那些东西扫光了。吃饱了又喊困，继续倒头又睡。

　　陈科锋在吃集体食堂时期落下的这个毛病，跟了他一辈子，只要看到有成堆的人抓着锄头或什么工具，闹闹哄哄揾过来，他马上就会翻白眼吐白沫倒在地上。桂医生诊断这是发羊角疯，又称癫痫。后来长大一点，发作的频率没有小时候高，也不倒在地上了，却会疯疯癫癫追在别人后面狂叫狂笑，也不打人伤人，村里人说这是文疯子。

　　陈正道找了好多偏方，还带到外面的大医院找医生看，花了一些冤枉钱，就是治不好。索性后来就不治了，随他去。做爷老子的看这样子下去，这个儿子算是不成器了，也不让他再去学校读书，就找八十婶帮忙，找了些旧时八十在私塾教书时用的书本来，让陈科锋经常翻看翻看，为了让他不要忘记认过的字。

　　说来也是天老爷赏饭，别看这陈科锋一时疯癫一时清醒，发起疯来样子蛮吓人，好的时候也跟正常人没有两样，还能定定心坐下来看点书，有时候竟然摇头晃脑作点对子。

陈科锋的才能是在他爷老子陈正道落葬的时候被发现的。伙夫陈正道炒了一辈子菜，有天在自家灶屋里杀鸭子，那只老鸭在案板上挣扎跳下地，断了的脖子歪在身子上，怪模怪样到处乱窜，陈正道想捉住它，却突然心跳不止，栽倒在地。送到县医院，已经没有救了，这是突发的心肌梗塞，没有拖累家人，去得也爽快。

农村一般都要给逝去的人做七，家里停棺七天，天天法事道场，儿子披麻戴孝，一到时辰就要放炮烧纸，家人们围在棺前跪哭，声震四邻。村邻来家里送礼吃肉，孝子们更要高声哭唱，且通晚要在棺前唱夜歌子。夜歌子里念唱的内容主要是爷老子的生平事迹。

这个陈科锋简直是一鸣惊人，一连七天，他天天唱的夜歌子内容都能翻新，把他爷老子如何学厨艺，如何遇到招工进了勘探队，后来又如何在集体食堂大显身手，像讲白一样，一段一段都不重复。有时兴头上来，他还连唱带演，还原陈正道在世时的一举一动，悲伤的气氛竟然被他搞出了一点几十年后流行的沉浸式戏剧的意思。

乡间的白事演变成爷老子搭台孝子唱戏，用舌灿莲花形容陈科锋一点也不为过，他平日里读的那点书在这里都派上用场。夜歌子，是一种盛行于湘中湘南农村的民间歌谣体，以七字七言句为主，每一句又可以划分二三个小分句，也可以插入八字句、九字句。传统上是以四句为一段，段与段之间配上锣鼓点。夜歌子要押韵，通常是一韵到底。韵脚比较宽松，也不讲究平仄，还可以重复韵脚，非常口语化。

这点本事也不是无师自通，这又要说到陈科锋的聪明劲了。他有疯癫的毛病，家里人平素不拿他当回事，随他自由出进。陈科锋不喜欢下田做农活，偶然碰到一群流浪艺人，跟着他们混了一阵，倒给他打开了一个新天地。这些艺人也是一些作田人，有点吹拉弹唱的小才艺，不下田的时候在乡间四处游走，谁家有红白喜事就跑过去，客气的讲法是帮忙，实际是去挣点外快。碰上结婚喜宴他们就架场上演"刘海戏金蟾"，碰上白事发丧就敲锣打鼓扮孝子唱起弹四郎，主家多少都会打发些包封，倒比作田来钱快。

陈科锋暗中看过几场，便缠上那个草台班子班主，非要跟他学点真家伙。那班主看他会来事，人也灵泛，有几次草台班子的人没有到齐，陈科锋还自告奋勇顶场唱了整晚的夜歌子，唱得比别人都卖力，现场氛围很是悲切。作为答谢，班主就大致跟他讲了点套路。

一来二去的，科疯子学了点不上台面的江湖才艺，草台班子知道他是个癫痫病人，怕湿手沾面粉了不得难，也不肯多带他。乡里过年时节，有上门赞土地的习俗，这个营生可以单干，陈科锋就挖空心思钻研起赞土地来。他瞅准过年这个时间点，干起了这一行。初一到十五这半个来月要是肯发狠，天天赞他两三场，运气好的话，再碰上个大事主，一年的饭钱都搞得到手。有时候国庆中秋他也走村串户搞上一票，挣点日常缴用绰绰有余。

所谓赞土地，就是一个人手拿一根筷子一块板或者一只从小秤上卸下的铜盆，一边叮叮当当地敲一边嘴里念唱些吉利的语句。这赞土地的人需要有一身见人说人话见鬼说鬼话的本领，比如这家人家刚刚起了新屋,你就要房前屋后,各样事物一一赞美,风水方位,堂前屋后的花草树木,一个不落下。面对堂屋里满屋的客人,你就要飞速辨认出哪个是重要的那一个。先是逐个赞过来,有的客人看到赞土地的过来,还没等开腔就溜掉了,你就应该清楚这是兜没有什么闲钱的主。要懂得避轻就重,会专拣那些看起来阔气又大方的客人,看准了径自奔那个人唱过去,对他的相貌衣着进行赞美评价,一直要赞到众人都说好。要是看到堂屋里贴着奖状,赞那获奖的小孩子今后如何如何有出息,赞得天花乱坠也没关系,目的是博家长高兴。赞唱的人口齿绝对要清楚,配上肢体语言,加点面部表情,过年图的就是吉利,让主家和客人都听得过瘾,掏包封也掏得大方爽气。

这是一种察言观色的本事,有些语句是书上现成看来的,有些语句需要现看现编,就看赞土地的人如何应用,如果用的场合不合板,闹笑话是轻的,惹毛了屋主人被赶出来,一个钱也弄不到。

这个营生适应的范围蛮广,乡里有人家生小孩,红白喜事,杀猪办酒,起屋做樑,都可以去赞土地,关键是信息要灵通。说来也怪，同样是靠赞土地维生，竹溪的尤葫芦就没有科疯子的生意好，这个尤葫芦口笨舌慢，平时人又懒得出奇，身上的衣服从来不洗，油板板地结了壳，这种人竟然也想靠赞土地讨营生，乡里人就有点歧视他，只是觉得他一个五保户实在可怜，基本不等他开口，随便打发点就赶了他跑，像对待叫花子一样，连他本名也不喊，后来也就想不起他到底叫什么了。

也许妙泉那些上门吓唬过陈科锋的人心里有愧，竟然义务充当起了他的通讯联络员，附近几个大队哪家在准备办事，他们都会第一时间通知科疯子，他们一致认为这个钱也只有他陈科锋赚得到。

八十医生有个学生叫珏意，每年大年初三准时上门给老师和师母拜年，这已经是很多年的习惯了。妙泉人把这事通知了科疯子，因为珏意就是妙泉出来的，现在当了县医院的科室副主任。科疯子对这件事很上心，珏意跟他同过几天学，考试分数总是排在他之后。初三这天陈科锋哪里都不去，特意赶到竹溪八十医生家会这位老同学，他去的时候珏意夫妻往往刚坐定。

科疯子摇晃着从田垄上赶过来，一脚踏到坪里就开始敲他手里那块秤盘。小锣一响把话开，特到贵府送财来。一送一个千香宝，二送时招万里财，三送桃源三结义，四送童子拜观音，五送五子登科中，六送六福又逢春，七送麻簡七姊妹，八送八仙显神通，九送九牛耕田地，十送太子坐朝廷。

珏意见是科疯子，就笑着打招呼。陈科锋赞土地来了，科疯子你莫费口舌，我包封给你，你去别屋里忙。

珏意拿出一张大票塞到科疯子手里。科疯子也不客气，接过来放袋里。他晓得，珏意是大事主。

科疯子接了包封嘴却不停。一步高来二步低，三步四步上阶基，五步六步跨门槛，又怕金子银子挺脚板。进得门来打一躬，一讨住宿二讨包封。

八十婶沏了茶用茶盘托着，陈科锋费了累，快莫唱了，包封有，住宿没有。

科疯子就围着八十婶唱起来。我到贵府无别事，特来贵府讨钱财。婶婶是个贤惠人，生怕耽搁我游春，忙将白米票子来打发，打发得多，金银谷米堆满箩。

八十婶把一张早准备好的小票子塞到科疯子空着的那只手里,好,谢谢你,讨你的好口彩啊,来歇下气喝口茶。最近眩昏毛病还发不发?

主人开口叫停,科疯子这才收了那块板,冲屋里人一打拱手,端起一杯茶认真回答八十婶。劳烦八十婶你老人家记挂,我这个毛病不发就不发,发作起来真的是要命啊,天旋地转没有定规,走在大路上讲发作就发作了,不幸哪天让车撞飞也讲不准。

珏意让他等到开了春来医院找她,她带他去神经科医生那里看看,再开两副药。这个毛病也不能一直拖,该动手术还是要趁早。

动什么手术,我不信那些歪门邪道,吃得下睡得着,脑瓜子记得住东西,赞土地的念子都是我自己现看现编,你讲我要动什么手术?万一动不好,把我动蠢了,赞土地都赞不成,我会饿死去。科疯子嘻嘻哈哈一个劲摇头。

科疯子所说的念子是指他赞土地唱的那些词句,有板有眼,逻辑关系清晰。八十医生听得也是欢喜,觉得有些句子还蛮有文采,就有点替这个人才惋惜。八十让科疯子伸手过来给他号下脉,科疯子也不讲客气。科疯子专门挑初三这天上门，一是八十医生在家，二是老同学在座，他晓得八十医生肯定会帮他望闻问切，而珏意也会提些建议。

外人说科疯子疯疯癫癫，经常神不愣登的，实际他还是个很有头脑的人，分得出青红皂白是非曲直。

有年春节，科疯子带了混饭吃的两样营生——筷子和铜秤盘，又外出赞土地了，家里兄嫂忙着张罗烧香拜坟，也没大留神管他。这一去却再没有回家，有乡邻说在湘潭白石乡那边看见过，也有说可能被车子撞了。不知所终。

临时工

临时工胡佩文最近经常喊肚子痛。营业部班长有贞带儿子海海打针，想起这件事，经过值班室的时候，叫上这个老实巴交的临时工，带他一起去厂医院门诊部找陈医生看看。

　　有贞让二年级小学生海海自己去一楼注射室。海海磨蹭着走到注射室，门外有两个人等着，门里面传来一个小孩撕心裂肺的喊叫。

　　小孩每喊叫一声，海海的心就跟着抽搐一下，越听越慌，扭转身跑去二楼找姆妈。

　　陈医生的诊室门虚掩着，陈医生正跟姆妈在门口小声交谈，临时工在里间的病床上整理衣服。

　　他是你什么人？陈医生问海海妈。

　　我单位临时工，搞搬运的，喊肚子痛喊了好久。他是我爱人同乡，这边没有亲戚朋友，请你帮忙看看有什么办法。海海妈压低声音。

　　哦，那你快点把他辞退吧，生恶毛病了。陈医生也低低地说。

作孽……

医生,我这是什么病啊?从旧年秋天就开始肚子痛,痛起来一身汗,你看这要不要紧啊?临时工胡佩文扣好衣服从帘子后出来。

陈医生没有马上答话,坐回到诊桌边,开始在病历本上写字。想了一下,对病人说,你回家要加强营养,重活累活停一停,先休息一段时间。要么,跟你们班长先请三个月假吧。

三个月?这么长的假,商店不会肯的。胡佩文瞪大眼睛。

我去跟商店领导说,尽量不扣你工资。先把病养好再说嘛。有贞安慰他。

临时工胡佩文冲有贞和陈医生谢了又谢。

从陈医生诊室出来,见海海正坐在候诊长椅上愣神,有贞问海海,打好针了?海海摇头说人很多。临时工那张蜡黄的脸重又唤起了海海的绝望。

有贞跟胡佩文交代几句,让他先回家休息,她会帮他把药抓好。胡佩文又是一阵客气,先走了。

有贞转身进去找陈医生。陈医生,他这到底是什么毛病？要不要紧？

陈医生摇头。调理得不好，不会超过一年了，应该是肝脏的问题，有条件的话去中心医院拍个片子。但是也没什么办法，你让他先吃中药，只能走一步看一步。想吃什么吃什么吧。

他三十多岁还没讨堂客，家里条件很差，真是可怜。有贞摇头。

陈医生不再讲什么，低头专心在记录本上写字。有贞谢过陈医生，连声地叹着气出了诊室。想起海海赖着不肯到楼下小李护士那里打针，有贞就有点生气了，你不肯好好吃饭，长得黄皮寡柳总是生病，看到那个临时工叔叔没有，搞到这一步就不是打一针两针能起作用了。

这天小李护士打针很痛，但海海没有哭叫。

不松泛

光棍汉胡佩文被单位的车子送回来了。这在他居住的竹溪村上湖组引来一片议论。

莫不是偷了商店的东西,被开除了?

那倒不可能,开除了还轮得到坐单位的车子回来?那应该被民警押回来。要是真出了什么问题,明日大队部会贴通告,我们去看热闹。

胡佩文去城里上班前,跟洪眯子一家走得近,讲起来他这份工作还搭帮有小眯子。

洪眯子的老婆小眯子看他一个人可怜,有次在跟八十婶扯闲谈的时候带出了一句,这个胡佩文真是作孽，爷娘死得早，屋里穷得只剩床板，可惜这一身的气力。年纪轻轻没个正业，就只作了这一亩三分田，哪个女子人看得中？

八十婶晓得，胡佩文爷娘是从湖北那边逃荒过来的，胡家堂客那年怀胡佩文，正是集体食堂快断粮的时候。胡佩文的娭毑眼睛不好，代替怀孕的媳妇到食堂里帮忙，陈正道也是照顾她年纪大，让她做点松泛的事。胡婆婆被他崽送回湖北老家了，现在是不是还活着？

小眯子摇头，这倒搞不太清楚。只讲天上九头鸟，地上湖北佬，胡佩文的娘算个能干角色，只是跟我们没什么话讲，吃食堂饭那几年没有饿死，反倒是后来突然就不行了，可怜胡佩文这时候才两岁不到，过两年他爷老子又生病死了，痛得满地打滚，你看作孽不。

八十婶跟着叹气，想起有贞讲过商店缺个搬卸货物的临时工，正在物色品行端正、踏实肯干的人。小眯子听这一说，还不等回去问胡佩文就连忙应承下来。要得要得，要讲老实，胡佩文数一了，别的本事没有，一把力气还是有的，他又不讲条件，有饭吃有地方给他困觉就可以了。

胡佩文被副食品商店招了工。商店给他传达室里间小屋住，一方面夜里可以守店，一方面也解决了住宿。这件事很是轰动了一阵，都说胡家的祖坟冒烟了，这下是交了好运。

小眯子把胡佩文的工作搞妥很有成就感，这似乎激发了她的积极性，想从远房表姊妹里物色个人给他做堂客。盘来盘去就盘出来一个，这家远亲屋里弟兄姐妹八个，穷得叮当响，姑娘人还算是体面，进过扫盲班认得两个字。小眯子合计，胡佩文只要好好干，将来肯定能留在城里，表妹嫁过去也不吃亏。

胡佩文进城前几天，小眯子把表妹喊到家里来耍，又特意打招呼请胡佩文帮自家收毛豆。表妹从小眯子那里已经得知这个胡佩文被城里招了工，就格外殷勤，两个人摘了一上午毛豆。小眯子从厨房里听到后菜园不时传来二人的说笑，喜不自禁，念声阿弥陀佛。

胡佩文只比表妹大一岁，不善于言谈，但是没有想到，跟小眯子姐的这个表妹倒是投机。表妹家里穷，胡家也没一样像样的物件，表妹家弟兄姐妹多，大的穿剩给小的，轮到最小的，衣裤简直没法穿，补丁叠补丁，稍微蹦跳一下，干脆一大堆补丁直接从膝盖处掉了下来，露出里面光溜溜的膝盖。表妹讲得活灵活现，二人笑个不停。胡佩文眼神回避表妹，心里却是高兴，就留了地址与表妹相约写信。小眯子故意装作什么都不知道，表妹也只是笑，不多说什么。

但是万万没料到，才出去这点时间胡佩文又被送回来了。各种猜测一夜间在竹溪村传得沸沸扬扬，有看白戏的，有摇头的。小眯子头一个不信，跟老实巴交的胡佩文做邻居又不是一天两天，这个穷光棍一举一动她都看在眼里，他屋里进了只老鼠他都不会起杀心，更不要提偷扒抢窃这样歹毒的行为了。

洪眯子说，知人知面不知心，你晓得他进了城是不是有了花花肠子，人看到好东西哪个不想要啊？又是在副食品商店，搬卸时节顺手揩点油，偷一根香烟搞颗糖粒子吃，那还不是随便的事，哪个晓得？

小眯子就跟洪眯子争，不可能！别的人这样做有可能，他胡佩文绝对不可能，要不就是我眼睛长错地方了。

小眯子也时常去远房表妹家串个门，表妹虽不多提与胡佩文的事，从神情上还是看得出来，他们互相之间都有点那个意思。有次表妹不小心说漏了，胡佩文让她有空进城耍，他带她逛公园。

小眯子晓得表妹心思重，这一来二去的通信，肯定也已经了解胡佩文的为人。所以她无论如何都不信，胡佩文是因为道德品质而被单位遣返的。

你眯起这双眼睛，跟我一样只看得清眼面前这点东西，哪里看得到背后有什么鬼？你要看清楚了，哪个还喊你小眯子？洪眯子鼓起眼睛对小眯子起高腔。

小眯子是个近视眼，看人看物都会眯着眼睛，洪眯子则因为眼睛细长，看人的时候也基本眯缝着眼睛。竹溪话一般把近视眼或小眯缝眼都称为眯子。

小眯子懒得跟洪眯子理论，盛上一碗饭和一碟子辣椒炒苦瓜冲了出去，她要亲口问问隔壁胡佩文，到底犯了哪条被单位送回来了。好歹她也算个中间人，要是有冤情，她肯定要去找有贞把道理掰扯一下。

　　胡佩文全部家当就是三间土砖瓦屋、一张薄板床、几个破破烂烂的锅碗，菜园里种了几棵白菜，几根青黄不接的葱蒜，猪栏、鸡笼都早被清空了，柴火垛本来还堆得高高的，因为主人不在家，过路的村民你抽几根我搂两捆，陆陆续续也被拿得没剩什么。胡佩文吃过中午饭被送回来的，一直靠在床上养神。床边堆了许多东西，都是商店职工送他的，有些是家里用不着的被单帐子，有些是穿剩的衣裤，大大小小几个包。有贞还特意买了滋补品，有橘子罐头、新鲜苹果，还有要凭票证才能买到的白糖、面条，也是堆得小山一样。

　　门虚掩着，小眯子一推就开了，听到声音，胡佩文疲惫地睁开眼睛。见是邻居小眯子姐，挤出一点笑意。不好意思啊，小眯子姐，我人不舒服，没有办法招抚你，你请坐。

　　小眯子把饭菜放到蒙了一层灰的饭桌上，顺势抄起灶台上的一块抹布准备擦一下桌子，一阵灰尘扬起，她赶快放下抹布，到水缸舀了一勺水，把灰乎乎的一个面盆淘洗干净，把那块抹布搓了又搓，擦掉饭桌上的灰尘。

你起来吃点饭吧，这是俺屋里中午剩的，还有点热气，辣椒炒苦瓜吃冷的不要紧，你莫嫌弃。小眯子等忙好，回身跟胡佩文讲，只要不是犯了原则上的错，我明日跟有贞姐去讲情，还是送你回城上班。

小眯子半是试探半是不忍心，胡佩文倒被她讲笑了。小眯子姐，你听到什么了？我并没犯什么错，我是身体有点吃不消，有贞姐带我去看了医生，单位批了三个月病假。

一听说是回来休病假，小眯子咯咯笑出声来。我就晓得，要不是碰到特殊情况，怎么可能回来呢？而且还是单位的车送回来的，几多好。休息休息，要得，牛也有做不动的时候，何况还是吃五谷杂粮的人。

那你问过他吗，究竟生的什么毛病？

小眯子扬眉吐气回到家，跟老公说胡佩文根本没犯什么错，只是请假回来休息三个月。洪眯子却是相当冷静。

哎哟，我这一高兴倒忘记问了。嗨，我们农业社的人能生什么毛病？大不了这里痛那里痛，休息一阵子自然就好了。你不也是这样，春耕犁田犁得猛了，还不是在屋里躺了一个星期？小眯子两手像是挥赶苍蝇一样地摇着。

你这蠢婆娘，他这次请假可是三个月啊，有什么毛病需要休这么长时间？除非，是生了恶病。

呸呸呸，尽讲丧气话！我明日再去慢慢问一下，他只说是有贞姐带他去看过医生了，我看他屋里堆了一些滋补品，应该是养一养就没事了。

听洪眯子分析，不是没有道理。小眯子一下沉重起来，念声阿弥陀佛，不晓得表妹知道这个情况不。

一大早，小眯子本想再去望望胡佩文，可转念又一想，病人自己肯定不会知道实情。双脚一拐弯，去了八十婶家。

八十婶听了小眯子心急火燎的讲述，叹口气。有贞忙，昨日没有跟单位的车一起回来，她让司机搭了口信，说这个胡佩文怕是生了恶毛病，是肝上面的。城里医生悄悄跟有贞讲，只怕没有多少日子了，说是让中医看看。

哎呀，作孽！小眯子吓得脸色都变了。

果然胡佩文自己并不晓得。有贞跟他讲要他安心在家里休息，单位也不扣他工资。八十婶倒替有贞担着心，毕竟是自己多了一嘴推荐的胡佩文，当时一味夸他如何如何肯用力气，人又如何如何老实，哪个想得到，这才干了一年多就生了毛病，也不晓得单位领导会不会对有贞有看法。

我不会讲出去，明日我去镇上买点肉，搞些营养的东西给他吃。他一个光棍汉可怜巴巴，又不懂得搞吃的，只晓得困觉，这样下去哪里行。小眯子眼前是胡佩文家的寒碜样，泪水忍不住掉下来。

小眯子嫁到洪眯子家里来的时候，公婆还在世，婆婆跟新媳妇介绍隔壁邻居，胡佩文的嗲嗲娭毑是从湖北襄阳那边过来的，胡佩文姆妈的娘家跟这边沾点亲戚关系，襄阳日子过不下去，这边又正好没了后人，老屋反正也空着，胡家老的小的就干脆都搬了过来。说是躲日本鬼子，其实就没打算再回去。

虽说湖北佬向来具有蛮悍的名声，这一家人倒是非常老实好相处。胡家媳妇比小眯子要大个七八岁，三十好几了还没有怀上毛毛。两家菜园子紧挨着，洪家看胡家是外来户，口里还是客气，但洪婆婆春天点毛豆子的时候，也不知道心里在想些什么，把毛豆子点到旁边胡家的韭菜地里去了。

等到小苗从地里探出头来，胡婶把它们当作杂草，准备拔了。洪眯子家的灶屋对着两家的菜园子，正剁着猪菜的洪婆婆拎了菜刀就从灶屋跑出来。哎呀哎呀，拔不得拔不得，那是毛豆子苗，你们湖北那边没有吗？这长都长出来了，等长过这一波再说嘛。

胡家人瞅了瞅那把沾满菜浆的刀，就不再争辩，听任洪家的毛豆子苗在自家地里疯长。毛豆子长到秋收之后收了，那块地里又冒出来蚕豆，后来是花生，一茬又一茬。这肯定也是洪婆婆搞的。不过，随后的第二年，土地像是板结了一样再也长不出一棵苗子，蝗虫倒是加倍地增多。上面说是要大炼钢铁，每家每户有铁物件都得捐出来，大家就都涌到队上的集体食堂吃饭，敞开吃，管吃饱。如果没有后来的那些事情，洪家就打算大大方方在那块胡家的韭菜地里继续种东西了。

小眯子不敢把这些事拿出来跟八十婶讲。心里觉得过去洪家人对胡家是有点过分了，想起来就更加难过，眼睛都哭红了。八十婶也陪着难过了一阵，两人想起了胡家人的种种老实。这家人从根子上来讲是外来户，队里分田分物的时候，永远是在别的人都挑完了之后才轮得到他们，他们也默认了，从来没有听到过半句抱怨。

你八十叔下个礼拜会回来，你带胡佩文过来，只跟他说，既然城里医生讲过可以看中医，那还不如找你八十叔看看。但是千万不要把这件事传出去，胡佩文胆子小，慢点想不开反而对病情不利。八十婶一再叮嘱小眯子。

问诊

找八十叔看病不如从前方便,要事先约好。

八十医生从公社的卫生院调到县里的人民医院做起了中医科的主治医师,基本上只在每月发工资的那个星期才回来住上一晚。一方面是回来看看堂客崽女,另一个主要的任务就是把工资亲手交到八十婶手里。

小眯子每个礼拜去镇上买几两肥瘦各半的猪肉,变着法做给胡佩文吃下去,有时候是肉饼蒸鸡蛋,有时候放几颗红枣桂圆炖一大碗汤。红枣桂圆干是有贞买来孝敬婆婆的,听小眯子有心给胡佩文补充营养，八十婶就把平时舍不得吃的好东西拿了给她。

估摸着八十叔回家的日子到了，小眯子跟胡佩文讲，八十叔是县医院排得上号的名医，我带你找他开两张单子，兴许好得快些。

这些天有小眯子帮着弄吃的喝的，胡佩文样子也略显得精神一些了。他对隔壁邻居的关心是满怀感激，连连点头称是。

洪眯子这些天却有点不开心，婆娘天天往邻居那里跑，但凡有点好东西首先就想到拿去隔壁，他心里的怒气就表露到脸上来。你莫这样瞎起劲啊，老往那边跑，让别人看到影响不好。

俗话说，远亲不如近邻，别人看到怕什么？我身正不怕影子斜。小眯子一脸正经，手里还不停，她正在把锅子里刚炖好的一碗石灰水蒸蛋端出来。听了洪眯子的数落心里有气，手就碰到滚烫的锅子上，端碗的手一抖，差点把碗摔出去，赶紧把身子靠到灶台，蛋碗重重落在台子上，嫩滑的蛋面漾了一漾。

你这个蠢婆娘，别个男子人生毛病了，你比伺候自家男子人还上心，你是发了疯吧？洪眯子继续数落。

你自己发疯了，这是听了那帮没有良心的人在胡说八道吧，他屋里爷娘都死了，又没有亲戚六证在身边，我们是邻居，难道起码的关心都不能够吗?小眯子气得跺脚。你也不想想，他爷娘在世时对我们家几多好?我怀松伢子的时候，吃了他家多少鸡蛋，发作的那天，你还在田里跟你那头牛治气，要不是胡家婆婆媳妇过来帮忙接生，我就痛死在菜地里了!你还好意思讲我，你什么时候用心招抚过你屋里堂客?可怜我坐月子也全靠胡婆婆一家照顾。

小眯子说着说着竟然哭起来。洪眯子不敢再讲话，牵牛出去犁田。

牛走在前，洪眯子跟在后，他们走过田基，有几个人早已在田里忙碌了。隔老远的，后村的老康冲洪眯子喊道，你屋里中时饭吃得好早啊。

田里一群人也跟着放声怪笑。洪眯子恼火地从田基上捡起一块硬泥朝老康的方向狠劲丢过去，我喂你个狗养的吃中时饭!

泥块划过稻田的一半，栽进烂泥里。众人又是一阵哄笑。

小眯子再三叮嘱老公，胡佩文生恶病的消息绝对不能让村里人晓得，主要是怕传到病人自己耳朵里，到时候想不开喝了农药就不好了。洪眯子一口闷气没地方出，下到田里把犁具套上牛身，拿起细竹枝对着那头老牛一阵抽，老牛吃了冤枉，仰天长叫，哞——

咤！畜生，要你叫，要你叫，咤咻！

老牛梗着头颈在泥田里奋力往前，洪眯子扶犁在后高一脚低一脚紧跟，时不时咤咻两声，又心痛这头老黄牛，又痛恨堂客多管闲事，想一阵气一阵，别人跟他打招呼也一概听不进去。

水田犁了一半，嘴里有点冒烟，洪眯子就让老牛停下歇息，他就着灌沟里的清水把泥腿漂洗干净，打算去八十婶家讨点茶水吃。

才进了院门，隐约看见八十叔似乎坐在横堂屋里。八十叔回来了！洪眯子高声招呼道。

没想到回应他的是堂客小眯子的声音，这个死鬼来做什么？小眯子从堂屋冲出来，示意他放轻声。

原来小眯子把胡佩文领来了，八十叔正在帮他号脉，八十婶神情凝重地陪在一边。胡佩文焦黄的脸上微微有一层汗，一只手抵压着肚子，一只手支在桌上。八十右手拇、食、中指搭在胡佩文的手腕处，只见他眼帘微垂，随着病人的心跳调整呼吸。洪眯子本想发作，但被八十专注的神情施了魔法般，定在原地，站也不是，走也不是。

八十结束号脉后长长舒了一口气，又让胡佩文躺到竹铺上，双手双脚放平，他试探地按压病人疼痛处，胡佩文哎呀一声喊，八十手指按到别处，问是否疼痛，病人一概说不痛。又用听筒听了听心跳。

八十拿过八十婶递上的湿毛巾擦了擦手，脸上呈现温润的笑意。屋里的人满是崇敬地竖起耳朵听，等待着八十医生的判决。

八十并不多说什么，只低了头在处方笺上专心地写，偶尔停笔想一想，又继续写，旁若无人。

写完单子，八十放下笔开始说话。莫担心呵，多搞点好吃的，好好调养。我跟你先开几副单子，这里面有两味药我们这边配不到，明日回县医院开好跟你寄回来。你就照着单子煎药，认真地吃，不要有心理压力。

多谢八十叔，我就是半夜里痛得狠些，出一身汗，里衣总是湿得透透的，不晓得怎么搞？胡佩文一手仍旧按在肚子上。

下半夜，大约凌晨四点钟，气脉运行到肝肾，病灶这时候有显现，的确疼痛难忍，这也是身体对人的警示，只有忍住。八十说。

是不是长什么瘤子了？可以动手术切掉吗？你不晓得，有时候痛起来真恨不得找瓶农药喝下去一了百了。胡佩文万分痛苦的表情。

切莫有轻生的念头，这个时候就要考验你的毅力，不到万不得已我不主张去动手术。你要是痛得狠了，就喊出来，没有什么不好意思的。听了八十不慌不忙的回答，胡佩文觉得疼痛减轻了许多。

小眯子赶紧问，八十叔，平时要给他弄点什么东西吃呢？他一个男子人真作孽，爷娘不在了，屋里没有个女子人料理，我也只能尽力去镇上买点猪肉，八十婶也搞了一些桂圆红枣来，平时自己都舍不得吃，都给了胡佩文加营养。

八十说，这些都可以吃，河里的鲜鱼清蒸，可补充蛋白质。服药期间，忌烟酒，莫吃辛辣酸刺激性的食物。加强营养的目的都是为了增强抵抗力，病人跟疾病作斗争的时候，最主要是把心态放平稳，病这个东西，既来之则安之，急不得。

大家像是听和尚布道一样认真。八十医生在县里那都是出了名的好医生，治好的疑难杂症不计其数，胡佩文原先悬着的心就放回肚子里了。

两公婆吵架

农闲时候，窃骨子似乎成伙出了窝，像田里老鼠一样多，今天东家少了几只鸡，明日西家晾晒在外面的被单少了一床，把本来物资就不富余的农家恨得要死。

狗养的窃骨子，让老娘逮到，我剁了他的手指！小眯子一早就在院里跳脚骂人，昨晚黑狗不晓得去哪家母狗那里疯去了，院门无狗看管，清晨大开，鸡笼里少了一只老母鸡，连带孵鸡子的几颗蛋也被撸了个精光。

小眯子原打算等孵好这窝鸡仔，就杀了老母鸡给胡佩文补充营养，洪眯子还不开心呢，这下倒好，全被窃骨子搞走了。小眯子又把气撒在老公头上，说早晓得会被偷，还不如早点杀了炖一锅好汤。

洪眯子一肚子陈年怒火顿时被掀个底朝天，冲过去甩了婆娘两个耳光，摔碗砸锅好一通发作。听到这边响动，早起浇菜的农人都丢了粪勺子跑拢来，左劝右劝把一个疯牛一般的洪眯子给扯到外面。小眯子坐在地上哭天喊地说过不下去了，两个儿子在一边只晓得扯开喉咙哭，世界末日一般。

村里人指责洪眯子打堂客不应该，洪眯子一激动，也顾不得什么了，冲口就来，过不下去就莫过了，为一个得绝症的男子人，屋里的好东西都往外拖，这跟窃骨子有什么两样？

众人惊讶，这句话里的关键词是得绝症的男子人。

村里两口子吵闹分家是常有的事，大家晓得这也只是过过嘴瘾，没见哪家真就离婚散伙了。男人们又好言劝了洪眯子几句，堂客们帮着女主人收拾了屋内残局，陪着骂了几句千刀万剐的窃骨子，又各自做自己的事去了。屋里头剩下两公婆眼睛横过来横过去不讲话，乒乒乓乓拿了手里东西出气。

胡佩文得绝症的消息像是一把菜籽撒进了地里，无孔不入地发芽抽枝，很快就变得有模有样。

没有想到，正在这节骨眼上，好多时候不见的表妹自己找过来了。她家住在王十万那边，离竹溪还隔了好几座山。她神色不慌，从头发和衣装来看，刻意打扮过。应该还没有听到风声。

小眯子心里打鼓，不晓得怎么面对表妹，尽管胡佩文生病跟她无关，但他们二人交往可是她拉的线，线的一头出了差池，她这媒人总是有责任吧。

他好久没有写信来了，不晓得怎么回事。表妹麻利地抢过小眯子手里的扫帚，一边扫屋一边拿眼角观看小眯子的神情，试探地找话。

小眯子不置可否地躲闪，心想，这事干脆说破了吧，不要害了这个妹子。但是一触碰到表妹那欲说还休的热切眼神，话到嘴边拐了弯。

他最近回来休假了，你去他屋里看看呗。

啊？回来了？什么时候的事？表妹惊讶地连连发问。小眯子心里更不忍了，当初拉拢他俩，只看到美好的前景，可命这个东西，真的会跟人开玩笑。

回竹溪有些天了,身体不舒服,他单位批了长假,等调养好再说。小眯子把扫帚从表妹手里接过来,示意她去隔壁看看。

表妹也顾不得害羞,扭头奔胡家而去。小眯子看着表妹的背影摇头叹气,唉,反正早晓得晚晓得,都是要晓得,又不是三岁细伢子,最后怎么搞,他们自己拿主意吧。

表妹的小九九

这一年多，表妹和胡佩文通信次数蛮多的。写信这件事几乎成了她最主要的事业。

表妹最喜欢抢着去集市赶场，卖完自家的鸡蛋小菜再买两个糖油粑粑填肚子，然后就是去邮局发信。这都是瞒着家里人的，她认的那些个字，源头是村里的扫盲班，后来就是各种各样的报纸、残缺的拿来包裹物品的字纸，凡是带字的，她见了就收，一个字一个字地认，联系上下文意思，连猜带蒙也认得了不少字。

农科站经常会发些小册子，表妹是个灵泛人，靠着认来的字读通了育苗、防虫害的方法，拿去一试，还竟然都被她搞成功了。她胆子越来越壮，农业社搞包产到户，她跃跃欲试想要跟别人搭伙承包种子培育，但她爷老倌死活不同意，说什么也不肯拿钱出来，他想女儿反正是别人家的，不值得投资。表妹气得哭喊都没有用，自然就想到胡佩文，他肯定会支持她的想法。

他俩刚刚开始通信的时候，只是简单讲讲各自见闻，插秧种菜运货，蜻蜓点水。后来话多起来，样样讲到。不过，表妹多了一份小心，知道以他们目前的这种关系谈借钱还为时过早，于是先把这件心事压了下去。

上半年，生产队正好有车进城送菜种，表妹也跟了一起。办完事时间还早，表妹跟开货车的同乡说有个熟人在城里做事，想要顺路去看看。同乡听表妹说有城里的熟人，好奇心就上来了，答应送她去。表妹按信上地址一路问过去，找到胡佩文做事的副食品商店。商店的人到后仓库把胡佩文喊出来，他像是做梦一样，没想到城里还会有人来找他，等到了停车场，发现小货车边上站着的竟然是小眯子的表妹，那个同乡坐在车上冲他招手。

胡佩文一时不明白情况，表妹就笑，正好来城里帮大队上送菜种，顺便来看看你。表妹又把同乡介绍给他。胡佩文在上一封信里跟表妹讲起过公园的事，见表妹来了，又正是午饭的时间，就说请他们去馆子里吃碗米粉，下午不着急回去的话，带他们去公园逛逛。表妹觉得胡佩文越来越有城里人的样子了，面孔也比以前白净，她面子上很有光彩，也大方地邀请同乡，一起去吧。

胡佩文跟当班的店员打声招呼，说是有同乡来城里，店员看了一下排货表，又留心到表妹热切的样子，下午倒正是个空档，就说，你去吧，今天下午也没别的什么事，好好带老乡去逛逛。

胡佩文开心地上了送菜种的车子，把表妹连同老乡一起带去公园，几角钱一张门票，都是他请客。像是刻意要表现一番，公园里有买米花的，也是几角钱一大袋，胡佩文掏票子掏得非常爽气。后来又去米粉店吃米粉，浇头五花八门，表妹和同乡看傻了，不知道怎么好，胡佩文就东指西指，这个这个还有那个，一共点了六个碟子浇头，三碗粉，每碗粉里还要加个荷包蛋。

看得同乡眼睛瞪得滴溜圆，心里想，好家伙，这个伙计有钞票呀，点了这么多。看表妹也是眉开眼笑的，就知道了，这是在女朋友面前显摆呢。于是他心领神会，都是男子人嘛，他也是这么过来的，处对象的时候什么本钱舍不得下？呼哧呼哧几口热米粉吃下去，嘴巴里都是赞美的话。哎呀，这个胡老弟不错呀，找了这么一份好工作，你看你，人长得标致，还这么有本事，哪个妹子找了你，那真是享不完的福呢。

表妹和胡佩文其实就等着这个效果呢，表妹满足的是虚荣，同时也暗暗有点心痛那点钱，胡佩文倒是一片真心，他把同乡看成了女朋友的娘家人，格外殷勤。

这趟短暂的城里半日游，表妹对胡佩文又多了几分满意。

可是近来不知道出了什么情况，她上月的一封信寄出后就没有等来回信。莫不是自己在信中透露了什么让胡佩文不安的信息？她反复回想最后那封信的内容，她提到别人家因为育种赚了不少的钱，她对自己也很有信心，要是能弄到本钱，她也想搞个承包，两年肯定回本。如果胡佩文多长个心，该不会是看出了话里另外那点意思，然后有顾虑了，不想再继续交往下去了？或者，要么就是出现了别的女人？

胡佩文条件不错，样子也越来越像城里人，在城里生活久了，不开口的话，还真看不出是乡里出来的。

想到这，表妹心事就重起来。嗯，必须去搞个明白。

表妹穿过菜园子，看到胡佩文家的门微敞开，不由得心跳加快，有点后悔这么快就到了。刚才应该先向小眯子姐打听清楚，胡佩文是真的病了还是被单位开除了，或者是出了别的情况。如果是跟别人定了亲怎么办？如果都扯好结婚证了，或者那个女子人肚子里都两三个月了，这……这又该怎么办？

第二趟来小眯子这里，借口是帮忙搞秋收。清早扒了两口饭就起程，她嫂子根本不相信她的鬼话，说两个老兄忙得猴子似的，反倒帮外人家搞秋收，分明是想偷懒。表妹才不听这一套，头也不回出了家门，走得快，中时应该能到。

见自己的话没有产生任何效果，她嫂子气得在后面跺脚，说女大不中留，快点找人家嫁了。

晒谷坪上铺满金黄的谷子，几个稻草垛堆在大队牛栏边上。大队晒谷坪是去小眯子家的必经之地，表妹从地势较高的晒谷坪望去，太阳把整个竹溪笼罩在黄灿灿的光晕里。

胡佩文也请短假回来搞双抢，此时正在坪里扬谷，满满一铲子下去，高高抛进风谷机的漏斗形入料仓，风车呼啸，把干瘪的谷子和稻草从风谷机的侧边吹了出去，颗粒饱满的谷子顺着下面的大漏斗落下。胡佩文力气大，往年都是扬谷组主力。表妹这辈子还没有认真打量过一个卖力干活的青年男子人，不由自主地停下来看。胡佩文感觉到有人盯着自己，放下铲子擦汗，瞥见是表妹，有点不好意思。

表妹笑，你力气蛮大呢。胡佩文被夸得慌了神，手指晒谷坪的草垛，你要不急了回去，那边看月亮最好不过。表妹听见了只是笑，我去给小眯子姐帮忙。表妹扭身走下了晒谷坪，一边走一边憋不住想笑，大白天的，讲什么看月亮，这是约我晚上出来看月亮吧。

小眯子他们两口子在田里扮禾，表妹袖子一卷就加入进去。表姐表姐夫，人手不够吧，我把这些扮下来的谷子挑到晒谷坪吧。

小眯子眯缝起眼睛，看清来人竟然是表妹，高兴得嘴都合不拢。小眯子说，去屋里歇下气，吃一口饭再来。表妹摇头，挑完这点谷再回屋里歇凉。小眯子笑，也要得，你把谷子担到岭上，胡佩文在那边的风车组，我慢点给你们送饭来。

表妹麻利地把散落的谷子收拢到箩筐里，挑起就走，一对箩筐在扁担两头有节奏地上上下下，洪眯子忍不住停下来，看着表妹袅娜的背影。啧啧，你表妹这是有情况吧？小眯子笑而不答。

晚上的田野有一丝风四处游走，虽然已经仲秋，暑气仍然弥漫，入夜，村里人习惯找个空旷的地方歇凉。那天队上轮到放露天电影，大人小孩吃过夜饭，把碗筷一丢，搬的搬竹椅，抬的抬长板凳，都往东边大队部操场上占位子去了。小眯子和洪眯子被两个细伢子吵不过，也带他们去大队部，小眯子问表妹去不去看电影，表妹一边忙着收拾碗筷一边说你们先去，我收拾完就过来。小眯子往胡家那边看了一眼，笑眯眯地说，今天可能又是放地道战，看过好多遍了，你们年轻人不喜欢看。

见小眯子一家人走远了，表妹加快收拾完，提了一桶热水到后屋冲了个凉，用香皂把头发也洗了一下，换上一件小眯子姐给的花的确凉衬衣。到院子里一抬头，月亮好像快露脸了，表妹香喷喷地出了门，朝胡佩文的院里看一眼，漆黑一片，便自顾自去了晒谷坪。

口琴声从坪里传来，好像是花鼓戏的调调。月亮此刻还躲在云层里，朦胧的光影勾勒出禾草垛的轮廓，一条窄窄的竹铺上坐着吹口琴的男子人。表妹清清喉咙，故意发出很响的声音，琴声停下来，竹铺上的男子扭头。呵呵，你来了，要不要爬到草垛上去，等下月亮就出来了。

这么高，怎么爬呀？表妹心里知道怎么爬上草垛，村里的细伢子细妹子最喜欢在夏天的夜晚钻进草垛，玩捉迷藏或是捉窃骨子的游戏，大队的晒谷坪是乡下孩子的乐园。

胡佩文把口琴收进衣口袋。你来。带了表妹绕到草垛另一边，那边堆了高高低低两个草垛，他蹲下身子，你踩到我肩上先上去。表妹熟练地踩上去，几下就爬上小草垛。胡佩文蹭蹭两下也爬上来，接着两人又爬上最高的那个草垛，此时月亮已经翻过浓密的云层，露出半张面孔。胡佩文挑出一捆稻草让表妹垫在后腰，两人呆呆看着月亮，呼吸声在安静的月夜显得特别清晰，表妹似乎听见二人怦怦的心跳。好在胡佩文说要吹首曲子，他拿出口琴吹起花鼓调《采槟榔》，表妹边听边看月亮，想着这样的日子几多开心。

冷不丁地，晒谷坪有束手电光朝高高的草垛照过来。这是谁呀，爬那么高，掉下来摔了腿脚莫喊痛啊。胡佩文听出那是老支书的声音，赶忙收起口琴回答，好好好，我歇会凉就回去了。老支书又叮嘱了几声小心火烛，举着手电筒到别处巡逻去了。

表妹顿时觉得扫兴，就算胡佩文这个时候吹出天仙配也失去了刚才那个味道。她说我们还是下去吧，莫真的掉下去把腿脚摔断了。月亮被新一团浓厚的云遮住了，晒谷坪比刚才阴沉许多。胡佩文说，月亮也被他吓跑了,我先下去接你。

两人下了草垛,在竹铺上又坐了一会儿,有一搭没一搭地扯些闲谈,估计大队部那边电影放得差不多了。得赶在小眯子姐他们回去之前到家,还有就是要避开村里的人,如果让那些婆婆姥姥看到,肯定会传出难听的话。

这是旧年的一段小插曲,那个月亮稍纵即逝的夏夜,什么事也没有发生。表妹回想起来有些后悔,狠狠掐了自己一把,那时要是胆子大点就好了。

寻短见

虽说只是临时工，胡佩文能得到城里的工作已经觉得是祖上几辈子积的德，进城上班以来特别卖力，店里上上下下总看到这个老实人不是在搬货就是在打扫，从没见他偷懒停下来。胡佩文还没休过这么长的假，有姐竟然说得潦撒，先休息几个月再说，那单位也太吃亏了吧。

胡佩文在家呆的这个把月，八十婶时常送些鸡蛋过来，小眯子姐这里肉啊菜啊营养品什么的也是没有断过，按道理这么养着也应该发胖了。可是总也打不起精神，没有胃口，成天只想睡觉。

八十叔给他号过脉，没有说不可救药，这让他稍稍安心一点。

胡佩文不知道，八十叔私下跟八十婶说的原话其实是这样的，看了他的舌苔，苔相显示还没有完全被病灶侵占。只是，这个人先天不足，后天又多劳累，看病的有时也很无奈，如果一个人的先天后天都不占优势，现在就要看这段时间的调理了。

八十婶半懂不懂地听着，大致听出来，胡佩文可能还有微茫的一线希望，眼泪出来，念了一声阿弥陀佛。

胡家老人还在世的时候，人群中从来不会有他们的声音。大队长每次在全村大会上讨论事情，总会习惯性地问众人，还有什么想法不？有的人在台下发表着含糊的意见，有两个吵得要死的村民，他们随什么事都要叫几声，好事坏事都要发声，好像不如此，就显不出他们是活人似的。在他们乱叫的时候，大队长威严地扫视会场，眼光落在胡家人那边，胡家老两口眼光躲开，后来索性垂下眼帘，身体也缩下去。

在全村人印象中，胡家人就是一屋子哑巴。村里调皮角色特意去胡家听墙壁，听了一晚上回来说，一点声音都没有，针掉在地上都听得清，就连他们家的猪和鸡也都不爱作声，这真是奇了怪。

胡佩文嘴巴发苦想搞点水喝，一看水缸已经见底，上次还是洪眯子担来的水，现在小眯子两口子吵翻了，估计只有靠自己了。胡佩文勉强支撑，提了一只桶去打水，才开门走到后菜园饮水塘边，两个村民的声音从挡菜园用的篱笆墙那边传过来，胡佩文本不喜欢听墙角，才要避开，却听到那边提到自己名字。

胡佩文确实是得了绝症，这我亲耳听洪眯子讲的。他屋里爷老子那年也是死在这个上面，这个毛病会传染。传话的人振振有词。

哦，难怪城里那份工作也丢了，讲得好听是送回来休息，其实就是不要他了。下次跟他讲话离得远些，哎呀，啧啧！听话的人唉声叹气。

胡佩文丢了魂一样顾不得提水桶，赶紧往屋里退。胡家老一辈希望在他这一辈翻个身，现在眼看有点样子了，居然还是这个下场。门口镜子里照出来一张刮瘦的脸，胡佩文嘀咕，黄皮寡柳，像个鸦片鬼。他想起爷老倌咽气前的那个样子，瘦得都脱了形，总是按着肚子痛得在床上打滚，跟现在他的情况好像。听说有些毛病会遗传，胡佩文想到最近经常梦见爷老倌，莫非爷老倌来寻他了？真要这样那也没有办法，反正也没有堂客细伢子，无牵无挂，去那边跟爷娘团聚也要得。

只不过，怎么告诉表妹呢，可能表妹早已经听到消息了，要不怎么这么长日子没有过来找自己？小眯子姐越是对自己好，越是说明了问题，作为媒人，她可能良心上过不去。

胡佩文胡思乱想，边翻出表妹的来信，每读一封就想起表妹的种种亲切，一些甜蜜的话语让他心头涌出暖意。但是自己现在这个样子，怎么开口跟她讲呢？算了，如果她真的来看自己，就跟她说不合适，也不要多解释了。

胡佩文忍不住感叹自己的薄福。信件看得卷了边，胡佩文决定做个了断，一把火烧了算了。

这之前的一个晚上，胡佩文也是胡思乱想了一阵，把这一年多攒下的工资拿出来分出一半，用一张红纸小心地包好，这包钱他打算送给小眯子姐。

真治不好了,倒不如找瓶农药喝下去一了百了,省得讨人嫌弃。又一想,自己走了,剩下的钱给谁,一没成家二没亲戚六证,算了,都留给邻居小眯子姐吧,她为了照顾自己还被老公误会,差点闹得离婚。

胡佩文把所有的工资都包进了红纸。

两人通信最频繁的时候,高兴起来要写满两张纸。可是最近个把月就突然地没有了回信,表妹最不喜欢事情搞得不明不白。

是的,无论如何也要去问清楚,为什么他要脚踏两只船,一边跟别人有瓜葛还一边跟她通信,甚至还在她同乡那里献殷勤。那次从城里回来,同乡逢人就夸胡佩文这个人,说表妹有眼力,找了个好对象。表妹也没否认,连她爷娘都知道有胡佩文这个人。

她上面的两个姐姐已经出嫁,也很少回娘家,本就不关心妹妹的事情。两个嫂嫂是外姓人,嫁到这个穷家来有一肚子委屈,家里的三个小姑,底下的两个太小,被嫂嫂们吆来喝去,只当是贴身使唤的。表妹半大姑娘,主意又大,两个嫂嫂叫不动她,于是背地合计，不如早点帮她物色个人家，省得她多吃多占。

在本村未婚男青年里盘来盘去，不是这家穷就是那家兄弟姊妹多，要么就是痴头寡脑不灵泛，还剩村尾那家倒是个独苗，不过已经将近四十了。年纪是大了一点，可是人家有房子有田，亲戚六证不多，那不正好？哪知就在她们打如意算盘的时候，小眯子横插一杠搞了一出拉郎配，把表妹喊过去说是帮忙摘毛豆，实际是给她家门口的一个后生子做介绍。

嫁远点也好，落了空的两个嫂嫂只好这样互相安慰，到时候怀毛毛也省得上门招抚。这之后，两个嫂嫂言语里难免带出讥讽，开口闭口地说，城里好，你还是趁早去城里过日子。

之前的动静搞得太大，有点难收场。表妹自从没有接到胡佩文的来信，就觉得在全村人面前失了面子，好像大家都在等着看她的笑话。

表妹犹豫，我这样找上门好像自己嫁不出去一样，想要撤回，但是因为走得急，已经到了胡佩文家的门前。

算了，来也来了，回去被小眯子姐盘问，也不知道要怎么交代，索性一不做二不休，锣对锣鼓对鼓当面一问，不就什么都明白了。

门虚掩着，她推门进去，里面传来一股浓重的隔夜被窝味道，混合着一股氨水味，光凭这味道，就能判定房里住了一个非常消沉的人。房间很久没有刷过了，显得很暗，一个饭碗摔碎成两瓣滚落在地上，床脚下一只装农药的瓶子躺倒了，里面的药水泼了一些出来，支撑蚊帐的杆子像是被人狠狠扯下。表妹心里一惊，觉得事情不妙。她心脏怦怦乱跳，一边试探性地轻声喊胡佩文的名字，一边用手撩起了蚊帐，哎呀，里面躺着的正是胡佩文，此时还在抽搐，眼睛翻白。

表妹见此情景反倒镇定下来，她以前见过同村人喝农药，不知道为了什么事情，婆媳两个闹得不可开交，那个烈性子的媳妇喝了半瓶农药下去，口吐白沫倒在地上翻滚。村里人七手八脚把这媳妇抬了送到卫生院，灌肠之后，医生给她吊盐水，晚上就清醒过来了。

表妹飞跑回小眯子家把情况一说，洪眯子当即叫儿子快点把铁伢子喊来帮帮，又去后院里找了一块旧门板。小眯子和表妹返回胡佩文家，看着胡佩文那个惨样子，小眯子忍不住抹起了眼泪，哎呀你这个兄弟，有什么事情解决不了嘛？何必走上这条路呢？

表妹找来毛巾帮他擦脸。他这么些日子也没给我写信，我还以为他有了别人。表妹边流眼泪边说。

他最老实了，他心里有了你，怎么还会有别的人？他这是想一了百了，不给别人添麻烦。小眯子向表妹解释，边伤心的想着胡佩文的种种老实和隐忍。

洪眯子和铁伢子抬着旧门板冲进来，表妹收起之前一肚子想问的话，帮着一起把胡佩文抬到门板上。两个男子人抬起昏过去的胡佩文，朝着乡卫生院方向急急忙忙跑去。

刘海砍樵

喝喜酒的这天,全村的人都来了。

拜过天地行过礼,亲戚朋友都散了,小两口在粉刷一新的新房里开心地对看,笑,却一直不知道要说什么。

还是表妹打破僵局,捶了一下胡佩文,你这死鬼,闹的哪一出,把人胆水都吓出来了。

胡佩文嘿嘿笑,不想给你添乱嘛,你还有大好光阴,可以找到比我更好的。

表妹就又捶他,什么叫更好的?你就是那个好的。人吃五谷杂粮哪个不生毛病?有病怕什么,治嘛。

胡佩文从枕头底下摸出一个厚厚的信封交到表妹手里,你看,这我原本想留给小眯子姐作为答谢,哪想她和洪眯子哥坚决不收,还差点翻了脸。就都留给你吧,你拿去跟你同村的那个人合伙开个种苗店,你人这么能干,万一我走了,你还有能力养活自己。老天要是肯让我身体好起来,这辈子就好好疼你。

表妹心里暖暖的,眼泪蒙眬了眼睛,她啥也不想说了,推开窗,院子里被月光照得敞亮。

你吹口琴吧,刘海砍樵。

胡佩文听话地拿出口琴,对着月亮吹起来。

胡大姐吔,我的妻呀,你把我比做甚么人啰吹吹……

闪回

魔鬼医生姓冯，虽然是个女医生，但她总是穿着白大褂，戴一副深度近视眼镜，性别就模糊了。魔鬼医生来自上海，病人没见她笑过，这是得名魔鬼的主要原因。

大凡在601生活过的人们，这辈子总难免要跟冯医生打几次交道。像海海这样的病壳子，小时候三天两头被姆妈带去见魔鬼医生，心里满揣恐惧和敬畏。

既然提到601，还是先把这座南方小城大致情形讲一下，这也都是海海从大人那里听来的。刚上小学那阵子，学校经常会请厂里的老工人来子弟小学忆苦思甜，来得最多的是郭奶奶，这老奶奶长着一张苦大仇深的脸，操北方口音，肚子里的故事有湘江水那么多，总也讲不完，海海听着听着就打瞌睡或是开小差了。

郭奶奶在开讲之前或是讲到中间某段时，总不忘交代如下内容。五十年代末全国各地部署了许多兵工企业，为啥一选选中咱这座南方小城？因为咱地理位置优越啊，南来北往的，即使飞过去都得打咱这经过。同学们呀，可不要小瞧你们生长的这片土地，咱这里东南西北全是级别很高的大型工厂。

校长带头鼓掌，操场掌声如雷，海海被惊醒也跟着拍巴掌。

小城这些庞大企业为保密需要都有它们的数字编号，初来乍到的外人往往一头雾水，城里的人一报数字就心领神会，方位感很强。城南331是航空企业，城东宋家桥430造车辆，后与造火车头的田心电力机车厂合并上市成立了南车集团，专造电力机车、动车和城市轨道交通装备，这是后话，郭奶奶当时预测不到，否则演讲内容还更丰富。规模小点的有洗煤厂、化工厂、电焊条厂、电厂、汽轮机厂、轮胎厂、玻璃厂、麻纺厂，五花八门，整个城市经常被一层灰突突的雾霾笼罩。七十年代有首《火车向着韶山跑》的歌曲非常流行，子弟小学经常拿来当舞蹈配乐，海海也被拉去跳过，边唱边扭，表情幸福。

601厂位于城中心，是新中国最早建立的硬质合金厂，经常有苏联专家来厂里讲课指导。永红村那边辟出很大地方为这些苏联专家造了专家楼，围墙里面遍布假山和园林，特供厨房飘出西点的香气，隔着墙都闻得到。苏联专家这一称谓消逝在历史烟云中之后，园子就对外开放了，那时601的孩子有用不完的时间，课余大多在专家楼园子里追打嬉闹消耗过剩的多巴胺。601是座城中城，分生产区和家属区，除了有专门的医院，还有俱乐部、制冰厂、游泳馆、邮局、银行，后来还把以前的对外招待所改成了养老院。

主干道叫钻石路，以厂大门为起点，道路两边有百货店、图书馆、灯光球场，副食品商店、蔬菜店、肉食品店这三家店子在钻石路中段一字排开，601的人喜欢称这些商店为糖铺子、菜铺子、肉铺子，马路对面是宽敞的饮食店。海海姆妈是糖铺子的班长，在凭票证购买物资的时代很吃香。姆妈人脉资源广，开门八件事外加上学就医从没把她难倒，海海和妹妹从幼儿园到中学都由姆妈一手安排，得到任课老师不少照顾。

罗家冲路与钻石路交叉，路口一栋两层浅黄色小洋楼是厂职工医院门诊部，注射室在一楼，冯医生的诊室在二楼最西边的房间。从门诊楼前经过的人，总能听到注射室孩子哇哇的哭叫，魔鬼医生坐镇其间，有点类似于宫崎骏绘本中的魔法婆婆。

消毒水的味道充斥在楼道，姆妈先进去跟冯医生打招呼，冯医生脸上似乎比见先前的病人时和缓一些，姆妈把怯生生的海海按坐到冯医生对面。

冯医生伸手在海海额上探了一探，有点热，又让伸舌头给她看。海海这时生了虫牙，很不情愿地张开嘴，见冯医生微皱眉头，赶紧把舌头伸出来。看完舌头又摸脉，再用听筒在胸口听了又听。

有什么症状？冯医生边在病历上疾写边头也不抬地问。

没胃口，不肯吃饭，一到晚上就发热发汗，睡觉总在动。有几天了，看他瘦成这样。姆妈忧心忡忡地陈述海海的病情。

先打两针，过两天再来看看，烧不退就要住院。冯医生利索地写好处方单，不容置疑地交给姆妈。

听到打针，海海心头一紧。

姆妈接过处方单，压低声音。商店明天会进一批白砂糖，你来找我。

冯医生不置可否，注意到海海紧张的表情。下去找小李吧，她打针一点不痛。

海海沮丧地跟着姆妈下楼去注射室，他表妹有次打青霉素，做皮试的时候就晕倒了，海海觉得自己这回肯定也会晕倒。手心已沁出汗来，心里是一万个抵触，脚步越来越沉。姆妈装作不知道，把处方单交进注射室。

谢谢呵，冯医生说请小李医生给我家小孩子打针。姆妈语气是客气的，但故意加重了冯医生几个字，显然是拿着鸡毛当令箭。冯医生是门诊部的权威。

两位年轻护士互相交换眼色，其中一个笑眯眯地，好好，冯医生介绍的啊，我来给你打，小朋友最喜欢我打针了，一点都不痛的。

海海半信半疑。连魔鬼医生都说小李打针不痛，那应该是没有问题。海海把心一横闭眼等待。小李忙活了一阵，一股酒精棉的冷涩味道飘过后，姆妈笑着让海海把裤子拉好。

好了？

好了。明天这个时候再来打一针。小李护士仍旧笑眯眯。

那，明天还是你打针吗？刚才那一针下去没啥感觉，像是被小蚊子叮了一下，于是海海放了心，但旋即想到明天，又是一阵紧张。

你连人都不会叫，明天给不给你打针我得想想。小李护士把针头取下来放进一个消毒铁盒里。

小李阿姨，你打针真的不痛。海海小声说。

听不见。小李护士佯装没听见，用酒精擦着针管。

还不快谢谢李阿姨。姆妈打圆场。明天请小李阿姨吃糖粒子。

谢谢小李阿姨。海海这回加大音量。

等走到马路上，海海跟姆妈说，小李阿姨身上有股很好闻的香味，魔鬼医生身上有股很重的消毒水味。

姆妈白了海海一眼，不许这么叫冯医生。

海海还是住院了。

小学二年级功课没有什么难度，海海几乎每次考试闭着眼睛考一百分。姆妈听冯医生的话，见打针也没退烧，就给海海办了住院。

厂职工医院分门诊部和住院部，两个部门隔着一条上坡马路和一个长长的防空洞，夏天很多人喜欢待在里面乘风凉。住院部院子里有三栋楼房，分妇产科、传染科、体检科等科室，601百分之九十以上的小孩都是在这里出生的，海海和妹妹也不例外。附近轮胎厂的职工和家属因为靠得近，也首选601职工医院看病或住院。

601藏着很多秘密，海海实在太小，对那些讲南腔北调的大人没有研究分析的能力。所有子弟小学的小孩也基本处于未觉醒阶段，只是模模糊糊觉得身边这些大人跟家里的亲戚没啥区别，隔三岔五地串个门吃个饭，然后各过各的。而生活在601厂这片巨大天空下的人们，另有一层特别的情感纽带，这些从全国各地全省各地汇拢来的人，尤其同一个车间的职工，待在一起的时间比家人都多，即使下了班，在钻石路上的几家店子里又碰得上。

厂里下班时间简直称得上壮观，从厂里鱼贯而出的工人们穿着同样款式灰色或蓝色的工装，有些青工骑相同牌子的凤凰或永久自行车，摇响车铃一路高声谈笑，惹得年轻女工躲闪惊叫。顺路去三家铺子买东西的多是家里女主人，她们进了店眼睛就在货架上搜寻，东西拿到手又跟营业员挑肥拣瘦。在七八十年代，工人地位高过其他人，知识分子排名较为靠后。但知识分子腹有诗书自持自重，往粗糙的工人堆里一站，有那么点与众不同，这些人一看就知道是老师医生或工程师技术员，进到商店里也不会咋咋呼呼，安静地看好，礼貌地请营业员拿过来，如果是凭票证购买的紧俏物品，叹叹气又让放回去，不轻易发表议论。海海姆妈对这些人往往比较客气，她心里有数，这些人才是这个大厂真正的栋梁。

601有一个特殊群体，他们是上海或江浙一带过来的，多数人分辨不出江浙口音，一律管他们叫上海人。冯医生和她丈夫来自上海，户口本上原籍一栏写着浙江鄞县，这说明他们祖上是最早一批移民上海的浙江宁波人。冯医生是跟随当技术员的丈夫一起来支援三线建设的。也有人说冯医生出身于上海的大资本家家庭，本来应该分去黑龙江那边的，她丈夫出身于普通工人家庭，原本在上海搞技术，响应号召过来援建601，是建厂的元老，在厂里也算有实权的干部。冯医生成家后，把自家姆妈还有几个弟妹从上海接过来，给一家人都安排了很不错的工作。大妹在子弟学校搞教务工作，二妹进了厂幼儿园当老师。大弟弟先是进厂当了一阵子工人，说是不习惯嘈杂的环境又调去销售科跑外联，八十年代厂里跟外国有业务往来后，他一口地道的英语派上了用场，还经常跟着分管领导出国。家中最漂亮的小妹妹在饮食店做事，上下班按时按点，工作轻松。厂里一些青年工人下了班喜欢往饮食店钻，买瓶汽水坐坐，试图跟上海小姑娘搭讪。小妹妹冷着脸从来不搭理这帮人，据说后来嫁了一个高干子弟。

冯医生家是上海籍人员的聚会中心，厂里的上海人基本不是工程师就是技术员，还有被称为老法师的高级工。每次有近二十个人在冯医生并不宽敞的家中来往，奇怪的是，楼上楼下的邻居并没有受到干扰。这些上海人讲话语速虽然快，但是音量控制得很好。他们聚会的娱乐之一是搓几圈麻将，桌上垫上厚厚一层小棉被，几乎听不见推牌的声音。冯医生家先前住在钻石路上一幢苏式家属楼里，因为这幢楼房门窗都油漆成绿色，厂里人称其为绿楼，有小阳台和抽水马桶。

上海人每周日聚在一起，冯医生的姆妈大家都称伊外婆，外婆会做熏鱼红烧猪蹄糟卤凤爪给大家吃，吃饭一吃吃两三个小时，吃完又接着喝茶吃点心，点心是小妹妹提前从饮食店买的冰砖或是烧麦，茶里要添加冯医生凭票买到的砂糖奶粉。大家进了门都讲上海话，冯医生的儿子跟海海同学，有次听他说起，这帮人到他家来一是为了吃外婆烧的浓油赤酱本帮菜，二是为了畅快地讲上海话。上海老乡边吃外婆烧的菜边讲梅龙镇葱烤鲫鱼、邵万生醉泥螺、乔家栅小笼包，还有什么白脱罗宋汤，总之一大堆舌尖记忆，海海同学摇头叹息说光是听他们说说都解馋，海海不大能理解，但也不知道要问点什么，听过算过。

冯医生一家人的生活方式让人羡慕，几个姐妹穿衣打扮有段时间还被厂里一些追求时髦的女孩暗中模仿，但总是少了许多韵味。

香姑姑和王姑爹来住院部探望海海。香姑姑拿出橘子罐头，海海床头柜里还有两瓶橘子罐头，是邻居湘胖子的姆妈杨姨和李元的姆妈刘姨送来的，她俩是海海姆妈的同事。王姑爹用开水给海海冲泡麦乳精，一股奶香飘散在病房中。

我要吃橘子罐头。海海看着那杯冒热气的麦乳精跟香姑姑说。

你这毛病要多吃热的。姆妈不答应。

香姑姑也是医生，她安慰海海，橘子罐头等好点再吃，反正都是你的。

海海老实把麦乳精喝了。香姑姑跟姆妈说，调动手续搞好了，从伞铺卫生院调到汽车齿轮厂医务室，虽说业务条件不如从前，但是考虑到俊宇读书方便，还是进城比较好，老王也不再跟勘探队外出了，家里还是需要有个人照顾。

好好，俊宇弟弟来我们学校。海海高兴地拍手。

大人讲话别插嘴。姆妈把海海的手塞进被子，跟香姑姑继续讨论正事。那我明天找冯医生问一问，她大妹妹在子弟学校搞教务，应该了解情况，到时候看需要一些什么转学手续。

香姑姑办好调动，单位分了一套房子，搞装修需要时间，俊宇就寄居在海海家。海海姆妈把俊宇转学到海海的小学，两个男孩一起上下学好不开心。

海海读小学五年级时，经常去冯医生家参加聚会的徐老师，他家儿子被保送进了清华大学少年大学生班，这件事在全厂成为爆炸性新闻。海海这学期成绩有点跟不上，上课思想集中不起来，班主任时不时找家长谈话，海海姆妈就托冯医生找到徐老师给海海补课。她想，徐老师家里出了个少年大学生，对付一个五年级的海海还不是轻而易举。

冯医生的儿子杨翰林打算考市重点中学，海海在他面前自惭形秽，也想好好补习一下。徐老师抽香烟很厉害，来家里上课坐在写字桌对面，海海被他身上浓重的烟叶熏得呼吸不畅，大脑缺氧昏昏欲睡。

徐老师主要负责补习海海的应用题。我们先来看一看这道题噢，火车A每分钟从A点到达B点，火车B每3分钟从B点到达A点，两车同时从各自的出发点开始行驶，会在中间的桥上相遇吗？如果两辆火车的速度是相同的，那么它们在桥上相遇的时间是多久？

要死噢，这两辆火车做啥要相遇，撞到一起不要粉身碎骨啊？海海一万个想不通。

好脾气的徐老师一口江浙普通话抑扬顿挫。我们再来想想这道题噢，游泳池里装有一根进水管和一根出水管，进水管3小时进水120吨，出水管2小时放水60吨，如果两根同时开放，多少小时能灌满游泳池？

有毛病啊，又进水又出水，多大的浪费！徐老师的声音似乎被空气抽走了，越来越缥缈，他不停讲啊讲，后来海海就只看得见他的嘴在动，海海眼皮越来越重，小脑袋像捣蒜似的一点一点，最后干脆趴在桌上睡着了。

徐老师把海海姆妈送的一条大中华香烟退还回来。海海姆妈对不起，你家小囡我实在呒没办法教，他可以去发展别的兴趣爱好，不要耽误了，你要么请别人辅导吧。

海海姆妈本来踌躇满志想把自家儿子培养成另一个传说中的少年大学生，这下好了，被人家少年大学生的爸爸直接否掉了。海海姆妈似乎一下看到十年之后的光景，一个穿着油腻工装服，脸上油光锃亮的儿子。姆妈气不打一处来，罚海海站墙角反省。

幸好，冯医生的儿子杨翰林考二中还差两分，仍旧在子弟中学与海海同学。但他大姨在教务处，他算是学校教职工的家属，成绩达标进了快班，海海成绩勉强及格，分在普通班。两条道上的跑车，跑着跑着，杨翰林有了新朋友，外婆做的糟卤凤爪只带给他同班好友吃，海海在路上遇到过杨翰林，头一偏假装看街景，杨翰林跟新同学讲得起劲，大概也没看到海海，两个人嘻嘻哈哈过去了。

后来买东西不需要凭票证了，只要手里有足够的票子，什么都买得到，随便买。杨翰林的漂亮小姨不在饮食店做事了，有人看到她坐上奔驰车，后来据说又换了辆更拉风的，劳斯莱斯全进口顶配。

新千年之后，601的上海人有迁回上海的，回不去的是大多数，离开太久，回去等于重新开始，脉息难续呀。据说冯医生退休后回到她家愚园路的老房子，方方面面找了一通，房子是无论如何要不回的。三层楼七十二家房客,谁也不肯搬走,还理直气壮得很。凭啥啦?阿拉住了几十年,也是单位分配的,阿娘爷爷格辰光就蹲了里厢了呀。老房子里的人眼皮翻翻两手一摊,继续在公用厨房忙烧小菜。整幢楼只有亭子间还空着,讲是里面总有老鼠瞎窜,没人要住,冯医生记得小时候这里是给帮佣的常熟阿姨住的。大人心里藏着另一些秘密,大概连杨翰林都未必晓得。

新冠流行把世界搅得稀乱,海海就不由地想起了魔鬼医生,那个医术高明的冯医生,好像只要她一出现病魔自己就会落荒而逃。她家老房子到华山路,走过去十几分钟,与601绿楼到门诊部距离等同。

大家又能出来随便走动了,海海赶紧去静安寺烧香。在靠近静安寺入口的地方,远远就看见有个人长得极像是冯医生,冯医生似乎也看向海海这边。海海想挤过人群跟冯医生打声招呼,问候一下她的近况,只一眨眼的工夫,冯医生消失不见了。

海海站在冯医生刚刚停留的地方瞻前顾后,那个曾经威震601的魔鬼医生已遁地而去。后来每次来南京路都必定会到静安寺转转,然后再去愚园路走走,海海有点不甘心,他走得很慢,眼睛专注地盯着每个擦肩而过的行人,总觉得冯医生会再一次出现。

杨翰林做生意遭同行算计,独自去了新加坡。海海名字里有海,先读书后工作留在上海。

这次先到这里,有些事要留到以后不知什么时候来讲白了。

图书在版编目（CIP）数据

讲白 / 刘瑛著. -- 上海：上海文艺出版社，2025.
ISBN 978-7-5321-9041-6
Ⅰ．I247.7
中国国家版本馆CIP数据核字第2024LQ5135号

发 行 人：毕　胜
责任编辑：余　凯
封面设计：SOBERswing

书　　名：讲　白
作　　者：刘　瑛
出　　版：上海世纪出版集团　上海文艺出版社
地　　址：上海市闵行区号景路159弄A座2楼　201101
发　　行：上海文艺出版社发行中心
　　　　　上海市闵行区号景路159弄A座2楼206室　201101　www.ewen.co
印　　刷：崇明裕安印刷厂
开　　本：1240×890　1/32
印　　张：8.625
插　　页：2
字　　数：121,000
印　　次：2024年12月第1版　2024年12月第1次印刷
Ｉ Ｓ Ｂ Ｎ：978-7-5321-9041-6/I.7117
定　　价：49.00元
告　读　者：如发现本书有质量问题请与印刷厂质量科联系　T：021-59404766